KB108694

철학자의 위로

인문학 클래식 2

철학자의 위로

루키우스 안나이우스
세네카
이세운 옮김

민음사

차례

자식을 잃은 이에게

마르키아에게 보내는 위로 ——— 7

가족의 고통을 지켜보는 이에게

헬비아에게 보내는 위로 ——— 73

형제를 그리워하는 이에게

폴뤼비우스에게 보내는 위로 ——— 127

주(註) ——— 169
작가에 대하여 ——— 185
작품에 대하여 ——— 193

자식을 잃은 이에게

마르키아에게 보내는 위로

이 작품은 다른 위로 편지와는 다르게 그 의도나 시기가 불분명하다. 학자들이 아무리 찾아보아도 세네카와 마르키아 사이에 어떠한 관계도 알 수 없었으며, 마르키아의 아버지인 코르두스와도 연관성을 찾을 수가 없었다. 그렇다 보니 세네카가 왜 마르키아의 슬픔을 위로하고자 했는지 알 방법이 없고, 심지어는 그저 잘 보이고 싶었던 것이 아닐까 하는 의견도 있다.

이렇게 알 수 없는 것들투성이이기는 하지만 마르키아의 아버지 코르두스에 관한 이야기는 명백히 사실이다. 또 이것도 확실하게 말할 수 있을 것 같다. 세네카의 이 편지가 없었다면 마르키아라는 여성의 이름 자체를 우리가 들을 일이 없었을 것이라는 점 말이다. 학자들에 따라서는 세야누스로 인해 희생된 사람들 중 한 명인 코르두스의 딸에게 편지를 함으로써 스스로가 세야누스와는 아무런 관련이 없다는 것을 보여주고 싶었던 것이 아닐까 추정하는 경우도 있으나 증명할 방법이 없으니 그저 추정일 뿐이다.

그래서 이 작품에서 지금 우리가 알 수 있는 분명한 의도는 마르키아라는 여인이 3년 전에 죽은 아들을 애도하며 슬퍼하고 있으니, 위로하고자 했다는 점이다. 그리고 세네카는 그녀로 하여금 이제 그 슬픔을 떨쳐 버리도록 설득하고 싶었다는 것도 의도라 하겠다.

그렇지만 마르키아의 아들이 죽은 지는 이미 3년이 지났다는 점, 그리고 종종 편지임을 알려 주기 위해 마르키아를 부를 뿐 편지의 상당 부분에서 마르키아라는 인물은 사라지고 일반 독자만이 남는다는 점을 보면 단순히 사적이고 개인적인 애도를 표하기 위한 작품으로 읽을 수만은 없는 것도 분명하다.

1.1 마르키아, 당신이 여성의 마음이라면 응당 가지는 유약함이나 다른 악덕들과 거리가 먼 사람임을 내가 몰랐다면, 당신의 행동이 선대의 모범이 그렇듯 존경받고 있음을 내가 몰랐다면, 감히 당신의 슬픔과 맞닥뜨리려 하지 않았겠지요. 남자들도 슬픔이라면 스스로 거기에 파고들어 잠겨 버리니까요.

또한 그토록 불공정한 상황과 그토록 적대적인 판결과 그토록 증오로 가득한 고발을 앞에 두고 내가 당신의 운명을 자유롭게 풀어 줄 수 있다는 희망도 갖지 못했을 거예요. 이미 시험을 통과한 마음의 힘과 힘든 경험을 통해 입증된 당신의 덕'이 내게 확신을 준 거랍니다.

1.2 당신의 자식들만큼 사랑했던 아버지에게 당신이 어

11

떻게 행동했는지는 잘 알려져 있습니다. 아버지가 당신보다 오래 살기를 바라지 않았던 것은 예외겠지요. 당신이 바랐는지는 잘 모르겠어요. 어느 경우에 커다란 사랑은 자연의 법칙과 어긋나는 걸 허용하기도 하니까요. 당신은 당신의 아버지 아울루스 크레무티우스 코르두스[2]의 죽음을 막기 위해 할 수 있는 것을 다 했었지요.

세야누스의 조력자들에게 둘러싸인 채 굴종하던 상태를 벗어나기에 그것이 유일한 방법임이 분명해진 이후로, 당신은 아버지의 계획을 달가워하지 않았지만 그의 뜻에 굴복하여 포기하였습니다. 사람들 앞에서 눈물을 쏟았고, 탄식을 삼켰지만 밝은 얼굴로 감추지는 못했어요. 불경스러운 행동은 어떤 것도 하지 않는 것이 커다란 효성이었던 저 시대에는 그랬지요.

1. 3 하지만 시대가 변화하면서[3] 상황이 달라졌습니다. 처벌의 이유였던 당신 아버지의 재능을 당신은 사람들의 이익을 위해 되살렸고, 아버지를 진짜 죽음으로부터 풀려나게 했고,[4] 저 용맹한 사내가 자신의 피로 써 내려갔던 그 책들을 공공의 기념물로 복원시켰어요. 로마의 문학에 당신은 커다란 공을 세운 겁니다. 저 저술들의 대부분은 불탔으니까요. 후대 사람들에게도 공이 큽니다. 오염되지 않은 채 신뢰할 만한 역사적 사실들이 그들에게 갈 테니 말입니다. 위대한 저자 자신이 전해 준 대로 말입니다.

아버지 자신에 대해서도 공이 크십니다. 그에 대한 기억은 지금도 생생하며, 로마의 역사를 안다는 것이 가치 있게 여겨질 시간만큼 생생할 것이고, 선조들의 행적을 돌아보려는 사람이 있는 한 그리고 로마인은 무엇인가, 이미 모든 이들이 고개 숙이고 세야누스의 멍에를 진 상황에서 굴복하지 않는 자 누구인가, 재능과 정신과 수족이 자유로운 인간이란 무엇인가를 알려 하는 사람이 있는 한 앞으로도 코르두스에 대한 기억은 생생할 것이니까요.

1. 4 맹세컨대 이 국가는 큰 손실을 입었을 것입니다. 언변과(라틴어 'eloquentia'는 본래 '연설을 잘하는 기술'이라는 의미를 담고 있어 연습과 소질이 모두 필요하다.) 자유라는 가장 아름다운 두 가지 때문에 망각으로 던져진 그를 당신이 끌어내지 않았더라면 말입니다. 그는 읽히고 꽃피우며 사람들의 손으로 가슴으로 받아들여져, 옛사람으로 잊힐 것을 두려워하지 않습니다. 하지만 유일하게 기억되어야 할 저 살인자들의 범죄 또한 빠르게 침묵 속에 잠기겠지요.

1. 5 당신 정신이 가진 이 위대함이 나로 하여금 당신이 여자라는 사실을 되새기지 못하게 했으며, 그토록 오랜 세월 계속된 슬픔으로 인해 어두워진 표정을 돌아보지 못하게 하였답니다. 내가 당신의 마음에 몰래 숨어들거나 당신의 감정에 속임수를 쓸 궁리를 하지나 않는지 잘 보세요. 나는 당신에게 예

전의 나쁜 기억을 떠올리게 했고, 당신이 이 또한 치료받아야 할 질병이라는 것을 알도록 큰 상처로부터 생긴 흉터까지 보여 줬으니까요. 그러니 다른 사람들이야 부드럽게 대하고 친절하게 행동하라지요. 나는 당신의 슬픔과 싸우기로 결심했어요.

또한 지치고 기진해 버린 눈에서 흘러내리는 눈물을, 사실대로 말하자면 이제는 그리움 때문이 아니라 습관처럼 흘러내리는 그 눈물을 멈출 거예요. 가능하다면 나의 처방을 기꺼워하는 당신과 함께하겠지요. 하지만 그것이 불가능하다면 혹여 당신 맘에 들지 않더라도, 당신이 아들의 자리를 대신해 남겨 놓은 당신의 슬픔을 부여잡고 놓지 않는다 해도 그 슬픔과 싸우겠습니다.

1.6 그 마지막은 어떨까요? 모든 시도는 허무하게 끝났지요. 이를테면 친구들의 달콤한 위로도, 당신의 위대한 친척들의 권위도 지겨워졌을 뿐이죠. 학문도, 아버님의 훌륭한 유산인 그 학문들도 닫혀 버린 당신의 귀를 속절없이, 거의 찰나의 시간에나 쓸모 있었던 위로로 지나가 버렸습니다. 크나큰 고통조차 가볍게 만들어 주는, 시간이라는 저 자연의 치료제도 당신 안에서는 그 힘을 잃었지요.

1.7 이미 3년이 지났지만 그동안 처음 그 충격으로부터 사라진 것은 아무것도 없어요. 슬픔은 스스로 새로워져 나날

이 강해지고, 이제는 그 오래된 시간이 스스로 법칙을 만들어 그만두는 것이 추하다 여겨질 지경에 이르렀습니다. 모든 악덕이 머리를 치켜드는 동안 억누르지 않으면 깊이 뿌리내리는 것처럼, 이 슬픔도 그처럼 가련하게 그리고 스스로 광기에 휩싸여 결국 괴로움과 함께 자라나, 불행한 정신의 왜곡된[5] 쾌락인 고통으로 변모하지요.

1.8 그래서 초기였으면 이런 치료법으로 접근하려 했을 거예요. 아직 생겨나는 단계에서는 더 가벼운 약으로도 그 힘이 억제되었겠지요. 반면 오래되면 더 격렬하게 싸워야 합니다.[6] 피가 나지 않으면 상처를 치료하기도 쉽지요. 하지만 염증이 덧나 악화되면 불로 지지기도 하고 깊은 곳까지 드러내기도 하며, 자세히 조사하기 위해 손가락으로 짚어 보기도 합니다. 이제 나는 듣기 좋은 말로도, 부드러운 방식으로도 그처럼 오랜 고통을 공격할 수가 없어요. 깨부수어야 합니다.

2.1 나는 누군가에게 충고하려 하는 사람들은 하나같이 지침에서 시작해서 예시로 끝난다는 것을 알고 있습니다. 하지만 때로는 이런 관습을 바꿔 보는 것이 유용합니다. 사람이 다르면 대하는 방식도 달라야 하니까요. 어떤 사람들은 계획이 이끌기도 하고, 어떤 사람들에게는 빛나는 명성과 권위를 내세워야 하는 경우도 있습니다. 그 밝은 빛으로 정신을 각성

시켜 제멋대로 굴지 않도록 하는 것이지요.

2. 2 당신의 눈앞에는 성별에서나 시대적으로나 당신에게 딱 맞는 예시 두 가지를 들 겁니다. 고통에 굴복해 자신을 포기해 버린 한 여성과, 비슷한 경우에 처해 막대한 해를 입었음에도 자신의 불행에 오래 사로잡히지 않고 빠르게 마음을 제자리로 돌린 여성의 예입니다.

2. 3 옥타비아와 리비아, 한쪽은 아우구스투스의 누이이며 한쪽은 아내로서 둘 다 젊은 아들을 잃었습니다. 두 여인 모두 자신의 아들이 장차 황제가 될 것이라는 확실한 희망이 있었지요. 옥타비아는 마르켈루스[7]를 잃었습니다. 그는 외삼촌이자 장인인 아우구스투스가 임무를 주고 제국의 짐을 맡기기 시작했던 자로, 성품이 활달하며 재능이 뛰어난 젊은이였어요. 검소함과 절제가 그의 나이나 부를 고려하면 그저그런 칭찬으로 부족할 정도였고, 힘든 일을 참을 줄 알고 쾌락을 멀리하여 그의 삼촌이 어느 강도의 일을 주더라도, 말하자면 짊어지고 버틸 것이라 주장했을 것입니다. 어떤 무게에도 포기하지 않을 기반을 아우구스투스가 잘 고른 것이지요.

2. 4 옥타비아는 살아가는 내내 끝없이 울며 한탄했고, 어떤 위로의 소리도 받아들이지 않았어요. 하나에 얽매여 온정신을 쏟았던 그녀는 자신이 쉬는 것조차 용납하지 못했습니다. 살아가는 내내 장례식에 있는 듯했지요. 그녀가 일어날 용

기가 없었다고 말하는 것은 아닙니다. 다만 일어나기를 거부하고, 눈물을 멈추는 것이 아들을 두 번 잃는 것이라 생각했던 것이지요.

2. 5 그녀는 사랑하는 아들의 어떤 그림도 가지고 싶어 하지 않았고 그에 대해 어떤 말도 듣고 싶어 하지 않았지요. 모든 어머니들을 미워했는데 특히 리비아에 대해서는 증오로 활활 타올랐습니다. 자신에게 약속되었던 모든 행운이 그녀의 아들에게 넘어갔다고 여겼기 때문이지요.[8] 어둠과 외로움을 가장 친한 벗으로 삼고, 형제조차 생각하지 않으며, 마르켈루스를 기리기 위해 만들어진 노래와 또 다른 문학적인 영예를 모두 거부했습니다.

그러고는 모든 위로로부터 귀를 닫아 버렸습니다. 공적인 행사들을 거부하고 형제의 위엄이 너무 밝게 빛나며 자신을 둘러싸고 있다 하여 그 운명까지 미워하며 마치 스스로를 묻어 버린 듯 숨겼지요. 자식들과 손자들이 곁에 앉아 있을 때도 비통이라는 옷을 벗지 않고 자신의 모든 자식들을 경멸했습니다. 그 자식들이 살아 있는데 그녀는 자식들을 모두 잃은 듯 보였어요.

3. 1 리비아는 미래의 위대한 황제이자 위대한 장군이 될 아들인 드루수스[9]를 먼저 보냈습니다. 그는 게르마니아 깊숙

한 곳까지 들어갔고, 로마인들이 있다는 것조차 거의 알려지지 않은 곳에 로마의 깃발을 꽂았답니다. 드루수스가 출정중에 죽었습니다만, 그가 병상에 있을 때 적들은 우리와 전쟁을 멈추고 그에 대한 존경을 표했으며 자신들에게 유리한 기회로 삼지도 않았습니다. 나라를 위해 맞닥뜨린 이 죽음에 시민들과 각 속주들, 나라 전체가 크게 슬퍼했지요. 그의 죽음을 기리기 위해 동맹 시민들과 식민 시민들까지 탄식의 행렬에 쏟아져 나와 개선식과 같은 장례식이 도시로 인도되었습니다.

3. 2 어머니에게는 아들의 마지막 입맞춤과 죽어 가는 그의 입술에서 나오는 사랑스러운 말조차 허락되지 않았지요. 긴 여정으로 드루수스의 유체를 따라갔던 그녀는 이탈리아 전역에서 화장의 불길이 치솟을 때마다 아들을 다시 보내는 듯하여 괴로웠지만, 무덤에 아들을 뉘며 아들도 고통도 모두 내려놓았습니다. 또한 살아 있는 카이사르의 명예나 살아 있는 다른 이들과의 공정성을 벗어날 정도로 슬퍼하지는 않았습니다.

마지막으로 말하자면, 그녀는 드루수스의 이름을 칭송하거나, 사적이든 공적이든 어디서나 그의 생전 모습을 자신에게 보이는 것을 금하지 않았고, 기꺼이 그에 대해 이야기하고 그에 대해 들었습니다. 그녀는 그에 대한 기억과 함께 살았던 것이지요. 그 기억을 슬픔으로 받아들인 사람은 간직하거나 회상할 수 없는 법입니다.

3. 3 그러면 두 예시 중 어느 쪽이 더 좋다고 생각하는지 골라 보세요. 만약 앞의 예를 따르려 한다면 당신은 산 사람들과 함께하지 않게 되겠네요. 다른 이들의 자식들도 당신의 자식들도, 또한 당신이 그리워하는 그마저 거부하는 형국이 될 것입니다. 어머니들에게 당신은 슬픔의 전조가 되겠지요. 누리도록 허락된 명예로운 즐거움을 마치 당신의 운명에 하나도 어울리지 않는 것처럼 내던져 버리는 격입니다.

당신은 마지못해 밝은 빛 안에 머무르면서, 서둘러 당신의 목숨을 재촉하여 끝내지 않는다는 이유로 삶을 증오하게 될 것입니다. 이는 더 나은 부분으로 향한다고 알려진 당신의 정신에 전혀 어울리지 않는 추하기 짝이 없는 모습으로, 당신 자신은 살고 싶지도 않고 죽을 수도 없음을 보여 주는 것이겠지요.

3. 4 이에 관해 훌륭한 여인의 훨씬 절제되고 평온한 선례로 마음을 기울인다면 괴로움에서 벗어날 것이며 고통으로 스스로를 소진하지도 않을 것입니다. 자신에게 불행이라는 벌을 부과하고 자신의 악덕을 키우는 것은 그 얼마나 미친 짓이며 재앙이겠습니까.

온 삶에서 당신이 지켜 왔던 품행의 덕성과 절제를 이 일에서도 보여 주시리라 믿습니다. 고통을 겪을 때 중용이라는 것도 있으니까요. 이름을 부르고 생각할 때면 항상 당신을 행복하게 하는 저 고귀한 청년을 훨씬 더 합당하게 대하고 싶다면, 그가 살아 있을 때 그랬던 것처럼 자신의 어머니에게 즐거운 모습으로 기뻐하며 나타나게 해 주세요.[10]

4.1 나는 장례식 당일에 어머니가 눈물을 흘리지 못하게 하는 식의, 그런 너무나 비인간적인 방식으로 인간사를 견디라고 요구하는 엄격한 지침으로 당신을 이끌 생각은 없습니다. 당신과 함께 중재자에게 갈 겁니다. 우리 사이에서는 이것을 물어야겠네요. 고통은 커야만 하는 것일까요? 또 오래 지속되어야만 하는 것일까요?.

4.2 당신이 아꼈던 율리아 아우구스타[11]의 예가 더 당신 마음에 들 것임을 의심치 않습니다. 그녀가 당신에게 자신의 해결책을 보여 줄 거예요. 그녀는 처음 슬픔을 겪을 때 — 그때가 불행을 당한 사람들이 참지 못하고 사나워지는 시기지요. — 남편의 친구였던 철학자 아레이오스[12]에게 자신이 위로받아야 한다는 것을 알렸으며, 후에 그 일이 자신에게 크게 도움이 되었노라 고백했습니다.

그녀가 자신의 슬픔으로 인해 또한 슬퍼하지 않기를 바랐던 로마 인민들보다, 한편의 버팀목[13]을 잃고 동요했으나 가족의 슬픔으로 인해 꺾여서는 안 되었던 아우구스투스보다, 저 비통하고 모든 사람들이 슬퍼하는 장례식에서 숫자가 줄었다는 것 외에는 어떤 것도 느끼지 못하게[14] 효성을 다했던 아들 티베리우스보다 아레이오스의 위로가 더 도움이 되었다는 말이지요.

4.3 아레이오스는, 제 생각에는, 그녀에게 다가가 자신의 의견을 매우 주의 깊게 받아들이는 그 여인에게 이렇게 말문을 열었을 것 같습니다. "율리아, 당신 남편의 충실한 동료이며 이제껏 공적으로 발표된 것들뿐만 아니라 당신들의 마음속에 있는 깊이 숨겨진 감정들까지 모두 알고 있는 내가 아는 한, 당신은 누구라도 당신을 비난할 법한 어떤 일도 하지 않으려 노력했지요. 큰 일뿐 아니라 사소한 일들까지, 일인자들에 대한 가장 솔직한 비판자라는 명성에 누가 되는 어떤 일도 하지 않으려 살폈잖아요.

4.4 또한 저는 최고의 자리에 있는 사람들이 많은 사안들에 너그러움을 베풀되, 자신이 너그러움을 청할 일은 없게 처신하는 것만큼 아름다운 일이 없다고 생각합니다. 그러니 이 일에서도 당신 자신을 위해 스스로의 법도를 지켜야 합니다. 지금과는 다른, 혹은 조금은 덜한 상황을 바라며 어떤 일을 하지 않도록 말이에요.

5.1 다음으로 내가 바라며 청하는 것은 당신 자신을 친구들에게 너무 어렵고 손댈 수 없는 모습으로 만들지 말아 달라

는 겁니다. 그들 모두 당신 앞에서 드루수스에 대해 뭔가 이야기를 해야 하는지 안 해야 하는지, 그러니까 당신에게는 저 뛰어난 젊은이를 잊는 것이 부당한지 아니면 언급하는 것이 부당한지, 어떻게 행동해야 하는지 그들은 모르니까요.

5·2 우리는 우리끼리 모일 때 그의 행동과 말을 충분한 경의를 담아 칭송합니다. 당신 앞에서는 그에 대해 깊이 침묵할 뿐이지만요. 그러니 당신은 지금 큰 즐거움을 누리지 못하는 것입니다. 아들에 대한 칭찬 말이에요. 목숨을 내놓아야 한다 해도 가능하기만 하다면 당신이 영원히 그 칭찬을 계속할 거라는 데 저는 조금의 의심도 없습니다.

5·3 그러니 허락하세요. 아니 부추기세요. 그에 대해 이야기하라고. 그리고 아들의 명성과 기억에 귀를 열어 두세요. 또한 이런 것을 다른 사람들이 하듯 고통으로 받아들이지 마세요. 사람들은 이럴 때 위로를 듣는 것조차 나쁜 것이라고 생각하니까요.

5·4 그런데 지금 당신은 아예 반대편을 보고 있어요. 좋은 것들은 잊어버린 채 당신의 운명을 나쁘게만 보고 있지요. 당신이 아들과 함께 지내며 즐거웠던 순간들, 어린 시절 사랑스러운 재잘거림과 지적인 성장기는 돌아보지 않고 사건의 마지막 모습만 움켜쥐고 있어요. 게다가 그것만으로는 덜 끔찍한 것처럼, 할 수만 있다면 무엇이든 더 덧붙이고 있습니다. 부탁

입니다. 부디 그릇된 영예를, 가장 불행하게 보이기를 원치 마세요.

5. 5 아울러 모든 일들이 순조로울 때 용감하게 행동하는 건 대단한 것이 아님을 잘 생각해 보세요. 삶이 정해진 대로 진행될 때 말이에요. 고요한 바다와 상냥한 바람은 조타수의 기술을 증명해 주지 못합니다. 마음을 시험할 만한 역경이 몰아쳐야 가능하답니다.[15] 그러니 굽히지 마세요. 아니 군건한 걸음을 내디디세요. 어떠한 짐이 어깨 위로 떨어진다 해도 견디세요. 요란한 소리는 처음뿐입니다. 어떤 경우에도 운명의 질투는 평정심보다 강하지 않습니다." 이렇게 말한 후, 아레이오스는 율리아에게 살아 있는 아들[16]을 가리키고, 죽은 아들로부터 난 손자를 가리켰습니다.

6. 1 그 얘기에서 말이에요, 마르키아, 당신이 겪은 일을 당신 앞에 아레이오스가 보여 준 거예요. 등장인물만 바꿔 보세요. 당신에게 조언한 겁니다. 그렇다 해도 마르키아, 어떤 어머니가 잃은 것보다 당신이 빼앗긴 것이 더 크다고 생각하세요. 내가 당신을 달래려는 것도 아니고, 당신의 불행을 축소하려는 것도 아닙니다.

6. 2 운명이라는 놈이 통곡으로 극복된다면 그 통곡도 가져다 씁시다. 낮은 눈물로 지나가게 하고 잠도 오지 않는 밤은

슬픔이 집어삼키게 하세요. 두 손은 찢어지는 가슴을 쥐어짜며 얼굴을 때리게 두고, 비탄이 도움이 될 테니 온갖 폭력을 동원해 비탄을 키우세요.

하지만 아무리 가슴을 쥐어짜도 이미 죽은 자를 다시 불러올 수 없다면, 숙명이 움직이지 않고 영원에 고정된 채 아무리 슬퍼해도 변하지 않으면, 죽음이 자신이 앗아간 것은 무엇이든 붙잡고 있다면, 공허하게 사라지는 고통은 그만 보내 주세요.

6. 3 그러니 저따위 힘이 우리가 건너는 길을 삼켜 버리지 못하도록 스스로를 다스립시다. 파도에 키를 빼앗기고 바람에 돛을 버리고 배를 폭풍에 내맡기는 키잡이는 끔찍합니다. 반면 바다에 휩쓸린 상태에서 키를 붙들고 온 힘을 다하는 자는 난파를 당했어도 칭찬받아 마땅합니다.

7. 1 "그렇지만 식솔[17]을 그리워하는 것은 자연스럽습니다." 누가 부정하겠습니까, 적절하기만 하다면요.[18] 사랑하는 사람들의 죽음뿐 아니라 이별만으로도 괴로움은 필연적이며, 아무리 굳건한 마음을 가졌다 해도 실의에 빠지게 되어 있습니다.[19] 하지만 이는 자연이 명한 것보다 사람들이 그렇게 생각한 데서[20] 비롯된 경우가 많습니다.

7. 2 말 못 하는 동물의 아픔이 얼마나 큰지, 그래도 얼마

나 짧은지 보세요. 암소의 울음은 하루이틀 들릴 뿐이고, 암말이 미친 듯이 날뛰며 헤매는 것도 그보다 오래가지 않지요. 들짐승들은 새끼들의 자취를 찾아 숲을 헤매고, 수시로 새끼를 잃은 굴로 돌아온다 해도 시간이 그 분노를 점차 없애 버립니다. 새들은 큰 소리로 울면서 빈 둥지 주변을 맴돌지만 금세 조용히 원래 날던 습관을 되찾습니다. 그러니 사람 말고는 어떤 동물도 새끼로 인한 괴로움이 그리 오래가지 않습니다. 사람은 자신의 고통에 느끼는 만큼이 아니라 정한 만큼[21]을 덧붙이지요.

7·3 그러면 이것이 자연적이지 않다는 것을 알아가 봅시다. 슬픔으로 인해 마음이 산산조각 나는 것 말입니다. 먼저 남자보다 여자가, 평온하고 문명화된 족속보다 야만인들이, 배운 자들보다 못 배운 자들이 자식을 잃었을 때 더욱 상처 입는 법입니다. 그런데 자연에서 힘을 받은 것들은 모든 경우 그 힘을 유지합니다. 그러니 다르게 작용하는 것은 자연적이지 않다는 것을 입증하지요.

7·4 불은 어느 시대나 어느 도시의 시민이든 남자, 여자 가리지 않고 불태우겠지요. 칼은 모든 몸에 대해 변치 않는 힘을 보여 줄 것입니다. 왜 그럴까요? 그 힘이 자연으로부터 주어져 어떤 것도 사람에 따라 정해지지 않기 때문입니다. 가난과 비탄, 좌절[22]은 모두 다르게 느끼는데, 관습이 영향을 미치

기 때문입니다. 또한 두려워하거나 무서워할 필요가 없는 것들에 대해 자신이 정한 바로 인해 나약하고 인내심 없는 사람이 되는 것입니다.

8.1 자연적인 것은 시간이 지나도 줄어들지 않습니다. 날들이 오래 지날수록 고통을 사그라들게 합니다.[23] 아무리 완강하고 매일 샘솟으며 치료책을 써도 더욱 날뛰더라도, 광포함을 누그러뜨리는 데 가장 효과적인 시간이라는 것이 그 힘을 무력화합니다.

8.2 당신에겐 아직 남아 있잖아요, 마르키아. 여전히 거대한 슬픔 말이에요. 이제는 굳은살이 되어 처음처럼 격렬하지는 않지만 완고하고 단단해진 것 같아요. 하지만 이 또한 세월이 조각내어 없앨 겁니다. 당신이 다른 걸 할 때마다 마음은 풀어질 거예요.

8.3 지금은 당신 자신이 스스로를 감시하고 있잖아요. 하지만 슬퍼하도록 놔두는 것과 그러라고 명령하는 것 사이에는 큰 차이가 있습니다. 슬픔이 사라질 날을 기다리기보다 사라질 날을 직접 만드는 것,[24] 그것이 오히려 당신의 우아한[25] 성정과는 더욱 잘 맞아요! 당신이 원치 않는 상황에서 고통이 그칠 날을 기다리지 마세요. 저 고통에게 스스로 안녕을 고하세요.

9.1 "그러면 도대체 우리는 왜 자연이 명령하지 않고는 그토록 통곡에서 벗어나지 못하는 것일까요?" 우리는 불행이 일어나기 전에는 아무것도 예측하지 못하니까요. 자신은 결코 불행을 당하지 않을 것이며 남들보다 평온한 길로 나아갈 거라고 생각할 뿐, 다른 이들의 불행을 보면서 그 불행이 모두에게 공통된 것임을 떠올리지는 못하기 때문이지요.

9.2 우리의 집 앞으로 그토록 많은 장례 행렬이 지나가는데 우리는 죽음에 대해 생각하지 않아요. 그토록 많은 가슴에 이는 장례식이 있지만 우리는 어린아이들이 어른이 될 날을, 군 복무와 선대로부터의 유산 상속을 마음속으로 고민합니다.

그토록 많은 부자들이 어느 날 갑자기 우리 눈앞에서 가난으로 몰락합니다. 그런데도 우리 재산도 마찬가지로 위태롭게 놓여 있다는 생각을 우리는 절대 하지 않지요. 그러니 당하는 것이 그렇게 뜻밖의 일일수록[26] 우리가 더욱더 몰락하는 것은 필연적입니다. 아주 오래전부터 예견된 일들일수록 아주 천천히 일어나는 법입니다.[27]

9.3 모든 사람들을 향했던 타격을 앞에 두고 있으며, 다른 사람들을 찌른 바로 그 창이 당신 주변을 스쳤음을 당신이 알게 될까요? 어느 성벽 앞에 있든 많은 적들에게 점령되어 오르기조차 힘든 곳에 있든, 보잘것없는 무장이라면 상처 입을 것이 눈에 훤합니다. 화살이나 창과 함께 다 드러난 당신의 몸뚱

이를 향해 돌덩이들이 저 위에서 날아들겠지요.

누군가 옆에서 혹은 등뒤에서 쓰러질 때면 이렇게 외치세요. "나를 속이지는 못할 거다, 운명아. 안심하고 무시하는 나를 네가 덮칠 일은 없을 거야. 네가 뭘 준비하는지 알고 있으니. 다른 사람을 맞히기는 했지만 나를 노렸던 거지."

9·4 대체 누가 자신의 재산이 앞으로 다 사라지겠거니 생각했을까요? 대체 누가 혹여나 자신이 추방당하거나 몰락하거나 죽을 거라 생각했겠습니까? 생각해 보라는 충고를 들으면, 누구든 끔찍한 저주를 들은 듯 쫓아 버리지 않을까요? 시기에 맞지 않게 충고하는 그 사람에게 적들한테나 가 버리라 하지 않겠습니까?

9·5 "내가 그리되리라 생각해 본 적이 없습니다." 많은 사람들에게 일어난 것을 보고도, 일어날 수 있는 일이라는 것을 알면서도 그 일이 당신에게 일어날 리 없다고 생각하시나요? 무대에서 나온 말치고는 너무나 뛰어나고 품격 있는 시구[28]가 있지요. "누군가에게 일어날 수 있는 일은 누구에게나 일어날 수 있다."

자식을 잃은 사람이 있습니다. 그러면 당신도 자식을 잃을 수 있지요. 유죄 판결을 받은 사람이 있습니다. 그러면 당신이 잘못이 없어도 타격을 입을 수 있습니다. 우리가 겪을 수 없다고 예상하는 일들을 겪을 때, 바로 저 오판이 우리를 속이고 우리를 약하게 만드는 겁니다. 일어날 일들이라 예견한 사람이라면 불행이 닥쳐도 그 힘을 줄일 수 있습니다.

10. 1 마르키아, 바깥으로부터 와서 빛나는 우리 주변의 것은 무엇이든, 이를테면 아이들과 관직, 재산과 큰 저택, 현관[29]을 메운 저 바깥의 피호민들, 명성, 고귀하거나 아름다운 아내와 나머지 모든 것들은 불확실하고 유동적인 운명에 매달린 남의 것이며, 그저 빌려서 갖추었을 뿐입니다. 이들 무엇도 선물로 받지 않았지요. 기부받은 다음 곧 주인에게 돌아갈 장식들로 무대가 꾸며진 겁니다. 여기서 어떤 것은 첫날, 어떤 것은 둘째 날 돌아가게 되고 몇 가지만 마지막까지 남아 있을 거예요.

10. 2 그러니 우리가 우리 것들에 둘러싸인 것처럼 우쭐댈 이유가 없습니다. 빌렸을 뿐입니다. 용익권[30]은 우리 것이나 사용 기한은 선물 주인이 정한답니다. 날짜가 정해지지 않은 채 빌린 것들이니 돌려줄 준비를 한 채, 돌려달라면 불평 없이 돌려줘야 합니다. 저질 채무자들이나 채권자를 비난하는 법입니다.

10. 3 그러니 우리 식솔 모두를, 태어난 순서에 따라 오래 살 거라 기대되는 이들이든 먼저 떠나는 것이 가장 정당한 바람인 사람이든 사랑해야 합니다. 그들이 영원할 거라는, 아니

그들이 항상 내 옆에 있을 거라는 보장이 없는 것처럼 말이에요. 종종 마음을 일깨워야 합니다. 떠나갈 것들을, 아니 이미 떠나는 것들을 사랑하고 있노라 말입니다. 운명이 준 것이라면 주인이 자리를 비운 듯 가지고 있으세요.

10. 4 자식들로부터 기쁨을 빼앗으세요.[31] 대신 아이들에게도 당신이 누릴 것을 주세요. 미루지 말고 기쁨이라는 기쁨은 모두 즐기세요. 아무것도 오늘 밤까지 미룰 것이 없습니다. ― 내가 너무 긴 유예 시간을 줬군요. ― 한 시간도 미룰 것이 없습니다. 서둘러야 해요. 등뒤에 이미 와 있어요. 이제 저 동료는 떠날 겁니다. 이제 외침이 들리면[32] 저 전우들은 사라질 거예요. 모든 것들은 빼앗기는 법인데, 가련하게도 당신들은 자신들이 강탈로부터 도망치는 삶을 살고 있다는 것을 모릅니다.

10. 5 당신이 아들의 죽음을 슬퍼한다면 죄가 있는 것은 그가 태어난 그때입니다. 죽음은 태어나는 그에게 이미 선고되었으니까요. 그는 이 법에 따라 태어났고 잉태되자마자 저 운명이 따라다닌 겁니다.

10. 6 실로 완고하고 져 본 적 없는 운명의 왕국에 우리는 도달한 것이며, 저 운명의 뜻에 합당한 일들과 부당한 일들을 겪게 될 것입니다. 운명은 우리 몸을 사납게, 모욕적으로, 무자비하게 학대할 것입니다. 누군가는 불로 태워질 거예요. 그 불

이 벌로 인한 것이든 치료를 위한 것이든 말이지요. 또 누군가는 결박당할 겁니다. 때로는 적들이, 때로는 동료 시민들이 사슬을 손에 쥐겠지요.

누군가는 위험한 바다에 벌거벗긴 채 내동댕이쳐져 파도와 씨름하겠지만 결국 모래밭이나 해안가로 밀려가지 못하고 거대한 괴물의 뱃속으로 들어갈 것입니다. 누군가는 여러 가지 병으로 수척해져 오랫동안 삶과 죽음의 경계를 맴돌 것입니다. 변덕스럽고 제멋대로인 여주인이 노예들에게 별 관심이 없어서 규칙 없이 상을 내리기도 벌을 내리기도 하는 것과 같겠지요.

11. 1 무엇 때문에 삶의 일부로 인해 슬퍼 눈물 흘려야 할까요? 삶은 온통 눈물투성이라, 오랜 불행에 익숙해지기도 전에 새로운 불행이 찾아올 겁니다. 그러니 절제력 없는 당신, 여성들은 특히 절제해야 하며 수많은 고통에 대항하여 인간다운 마음의 힘을 갖추어야 합니다. 다음으로 개인의 상황과 누구에게나 해당되는 상황을 잊어버린다는 것은 무엇일까요? 당신은 죽을 수밖에 없는 몸으로 태어났고 죽을 수밖에 없는 자식들을 낳았지요. 썩어 흘러내릴 몸으로 수많은 일들에 시달린 당신인데, 그 약한 몸뚱이로 그토록 굳건하고 영원한 것들을 낳기를 바란 것인가요?

11. 2 당신의 아들은 세상을 떠났습니다. 당신이 당신의 아이보다 더 행복하다고 생각하는 이들이 서둘러 간 그곳으로 떠나갔지요. 그곳으로, 법정에서 다투는 저들과 극장에서 여유를 누리는 이들, 신전에서 기도하던 저 무리들 모두 저마다 다른 걸음으로 가게 됩니다. 당신이 사랑하는 것들도 당신이 경멸하는 것들도 하나같이 재로 화한답니다.[33]

11. 3 이것이 아마도 퓌토의 신탁을 통해 전해진 그 목소리가 알려 주는 것이겠지요. "너 자신을 알라."[34] 인간은 무엇일까요? 아무리 약한 흔들림에도, 그리고 아무리 약한 충격에도 깨지기 쉬운 그릇입니다. 산산이 흩어 버리기에 큰 폭풍은 필요치 않아요. 어디든 부딪치기만 하면 분해되어 버릴 테니까요.

인간은 무엇일까요? 연약하고 깨지기 쉬우며 벌거벗어, 자신의 본성은 무방비이면서 남의 도움을 필요로 하고, 운명의 온갖 모욕에 드러난 몸으로, 근육을 잘 단련했을 때도 어느 짐승에게든 양식이며 사냥감이 됩니다. 무르고 부드러운 것들로 짜여져 외양은 번지르르하나, 추위와 더위와 노동을 견디지 못합니다. 그렇다고 움직이지 않고 일이 없으면 썩어 버릴 것이니 자신의 먹거리를 걱정하는 그는, 먹을 것이 없으면 쇠약해지고 넘치면 터져 버립니다. 자신의 안전을 걱정하며 불안해하고, 갑작스러운 두려움이나 예기치 못하게 귀에 울리는 소리가 흔들어 대 숨쉬기 힘들며, 늘 스스로에게 불안을 키우는 결함투성이 쓸모없는 몸일 뿐입니다.

11. 4 마지막 헐떡이는 한 숨이면 충분한, 이 죽음으로 향하는 것이 놀랄 일일까요? 그러니까 쓰러지는 데 뭔가 큰 일이 필요할까요? 저 몸뚱이에는 냄새와 맛, 피로와 불면, 음료와 음식, 살아가면서 함께할 수밖에 없는 이러한 것들이 죽음을 가져옵니다. 어디로 움직이든 곧바로 자신의 약점을 인지하게 되는 그 몸은 어떤 기후든 견딜 수 있는 것도 아닙니다. 물갈이를 하거나 익숙지 않은 공기를 들이마시거나 사소한 원인과 불쾌함으로 인해 병에 걸리고 곪고 병약해지며, 눈물과 함께 삶을 시작했지요.[35] 그럼에도 참으로 어쭙잖은 이 생물이 얼마나 많은 소동을 일으키고 자신의 상황은 잊은 채 얼마나 큰 계획에 이르나요!

11. 5 불사와 영원을 염두에 두고 손자와 증손자까지 계획을 세우지만, 그처럼 긴 여정을 시도하는 그를 죽음이 억누르는 법이며, 노년까지 산다고 이야기해 봐야 얼마 안 되는 해가 지나가는 기간일 뿐입니다.

12. 1 당신의 고통은, 그 고통에 뭔가 이유가 있다면, 당신 자신의 불행 때문인가요, 떠나간 아들의 불행 때문인가요? 아들을 잃었다는 사실이 당신을 괴롭히는 건 아들로부터 아무런

즐거움도 얻지 못했기 때문인가요, 아니면 그가 오래 살았다면 더 큰 즐거움을 얻을 수 있기 때문인가요?

12. 2 당신이 아무런 즐거움도 얻지 못했기 때문이라 대답한다면, 당신은 자신의 상실을 더 견딜 만한 것으로 여길 수 있지요. 기쁨이든 행복이든 사람들은 얻지 못했던 것들을 그리워하지는 않으니까요. 그런데 큰 즐거움을 얻었다 고백한다면, 그것을 빼앗겨서 슬퍼할 것이 아니라 당신에게 왔다는 것에 대해 감사해야 합니다. 당신은 노동의 결실을 충분히 받았으니 말이에요. 새끼 동물들과 새들, 그리고 비슷한 작은 것들을 공들여 키우며 즐거움을 느끼는 이들이 보고 만지고 말 못하는 것들의 달콤한 애교에서 어떤 즐거움도 누리지 못한다면, 자식들을 양육하는 사람들에게 키움 자체가 키움의 결실이 되지는 못하겠지만요. 그러니 자식이 열심히 일해 당신에게 뭔가 가져오지 못했다 해도, 정성스럽게 당신을 보호해 주지 않았다 해도, 지혜롭게 조언해 주지 않았다 해도, 당신이 그를 가졌고 그를 사랑했다는 것 자체가 결실이지요.

12. 3 "그래도 더 오래 살면서, 더 클 수 있었어요." 하지만 아예 당신에게 오지 않은 것보다는 당신과 함께한 것이 낫잖아요. 오래 행복하지는 못한 경우와 아예 행복하지 못한 경우를 두고 더 만족스러운 쪽을 선택하라면, 떠나갈 행복이라도 아예 오지 않는 것보다 낫지요.

다음 두 경우는 어느 쪽이 나을까요? 순혈이 아니라서 그저 숫자로만 아들이라는 이름만 채울 자를 갖는 것과 당신 아들처럼 재능을 타고나 빨리 깨우치고 빨리 철이 들고, 빨리 결혼해서 빨리 아버지가 되고, 빨리 모든 직무에 헌신하여 빨리 제관이 되는 등 모든 것들을 그처럼 서둘러 하는 것 중 어느 쪽이 나을까요? 크면서 오래 지속되는 행복은 누구에게도 거의 오지 않아요. 천천히 오는 행운만이 오래 지속되고 끝까지 남는 법이지요. 불사의 신들은 당신에게 오랜 시간을 머무르는 아들을 준 것이 아니라, 오래 걸려야 만들어질 그런 아들을 즉각 준 것입니다.

12. 4 당신이 절대로 이렇게 말할 수는 없어요. 신들이 당신을 아들의 기쁨을 누리도록 허락되지 않은 사람으로 골랐다고 말이지요. 아는 사람이든 모르는 사람이든 지나다니는 모든 사람들에게 눈을 돌려 보세요. 어디서든 더 큰 일을 겪은 이들을 만나게 될 거예요. 위대한 지도자들도 그런 일들을 겪었고, 왕들도 그랬습니다.

신화에 따르면 신들조차 그런 일들에 무감한 채 살지 못했는데, 내 생각에는 신들도 경험하는 일이라는 것이 우리 인간의 죽음에 대한 위로가 될 거라 그런 듯합니다. 다시 말하지만 주변을 모두 둘러보세요. 남들의 더 큰 불행에서 위안을 찾지 않는 집은 불행하다고도 말하지 못할 겁니다.

12. 5 정말이지 눈물 흘리는 수많은 사람들을 당신에게 보여 주면 당신이 자신의 일을 더 가볍게 지나갈 거라 생각할 정도로 당신 성품을 낮게 평가하는 것은 아닙니다. 불행한 사람들이 많다며 위로하는 건 질 낮은 위로니까요. 그래도 몇몇 사람들 이야기를 할 텐데, 그런 일이 사람들에게 종종 일어난다는 것을 아시라는 것이 아니라 ── 어차피 죽을 일을 예로 든다는 것은 우스운 일이니까요. ── 가혹한 일들을 평온하게 견디며 가벼이 여긴 많은 이들이 있었음을 아시라는 것입니다.

12. 6 가장 행운을 누린[36] 사람부터 시작하지요. 루키우스 코르넬리우스 술라는 아들을 먼저 보냈지만, 그 일이 있었다 해서 적과 아군 모두에게 악독하고 가혹하던 성품을 누그러뜨리지도 않았고, '행운아'라는 별명을 잘못 사용한 것처럼 보이지도 않았습니다. 아들을 보냈으면서도 그 별명을 사용했어요.

사람들에게 저지른 악행으로 인해 자신의 과도한 행운이 지속되었지만 증오를 두려워하지도 않았고, 그 별명이 신들에 대한 죄[37]였지만 신들의 질시를 두려워하지도 않았습니다. 술라는 그 정도로 행운아였어요. 술라가 어떤 인물이었는지는[38] 여기서 판단할 문제가 아니니 넘어가지요. ── 심지어 적들도 그가 무기를 든 것은 잘한 것이며 내려놓은 것도 잘했다고 이야기할 정도니까요. 지금 주제와 관련해서 명백한 것은 가장 큰 행운을 누리는 사람들에게도 일어나는 일은 최악의 고행이 아니라는 겁니다.

13.1 희생제를 치르던 도중 아들이 죽었다는 이야기를 듣고는 피리 소리를 멈추게 하고, 머리에서 화관은 벗었지만 나머지는 제의에 따라 마쳤던 저 아버지[39]를 그라이키아(고대 그리스)가 너무 칭송하게 두지는 마세요. 대제관 풀빌루스[40]도 그렇게 했습니다. 기둥을 잡고 카피톨리움 언덕에서 제사를 지내던 그에게 아들의 죽음이 전해졌을 때 말이에요. 아무것도 듣지 못한 척하며 제관의 축사를 정해진 방식대로 낭독했지요. 울음으로 기도를 중단하지 않고, 자기 아들의 이름에 유피테르의 축복을 청했습니다.

13.2 그 첫날이, 그 첫 충격이 그를 공적인 제단에서, 그리고 축사 낭독에서 끌어내리지 못했으니 그때의 비통함이 끝이 있을 거라 생각하세요? 맹세코 역사적인 봉헌식에 어울리는 사람, 최고의 제관에 어울리는 사람이었던 그는 분노한 신들에게 제사 지내기를 멈추지 않았습니다. 하나 그런 사람이었다 해도 집으로 돌아왔을 때는 눈물을 흘리며 목 놓아 통곡했지요. 하지만 법도에 따라 해야 할 것들을 마친 후 다시 카피톨리움 언덕에서 보여 주었던 모습으로 돌아갔습니다.

13.3 파울루스[41]는 고귀한 개선식 당시 페르세스를 전차 앞에 묶어 끌게 했던 사람으로, 두 아들을 양자로 보냈으며 함

께 싸운 두 아들은 먼저 떠나보냈습니다. 양자로 보냈던 아들 가운데 스키피오가 있었는데, 남은 두 아들은 어떤 인물이었을 거라 생각하시나요?

로마의 인민은 파울루스의 텅 빈 전차를 보면서 감정이 북받치지 않을 수 없었습니다. 하지만 파울루스는 군중을 앞에 두고 연설하면서 자신의 바람을 들어준 신들께 감사드렸습니다. 실제로 그는 자신의 승리로 인해 신들의 시기를 받는다면 그 시기가 국가가 아니라 자신을 향하게 해 달라 빌었기 때문입니다.

13. 4 그가 얼마나 관대한 마음으로 견뎠는지 아시겠어요? 자신이 아들을 잃었음에 감사를 드린 것입니다. 어느 누가 그처럼 커다란 운명의 뒤바뀜에도 흔들리지 않을까요? 그는 위로와 조력을 한꺼번에 잃어버린 것입니다. 그럼에도 그는 슬퍼하는 파울루스를 페르세스에게 보이지 않았어요.

14. 1 지금 당신에게 수많은 위대한 인물들의 예시를 들고 불행한 사람들을 찾아낼 이유가 있을까요? 그들이 행운을 누렸다는 걸 밝히기가 그다지 어렵지 않다는 듯이 말이지요. 어느 가족 모두가 끝까지 온전할 수 있었을까요? 언제든 한 해를 떠올려 그해의 집정관을 언급해 보세요. 원한다면 루키우스 비불루스와 가이우스 카이사르[42]를 들어 볼까요? 서로 적이었

지만 함께 공직을 수행하며 같은 운명을 겪었습니다.

14. 2 용감하기보다 명예로운 사람이었던 루키우스 비불루스는 두 아들이 동시에 살해당했습니다.[43] 게다가 어느 이집트 병사[44]에게 모욕을 당하다 그런 것이니 아들들을 떠나 보낸 것만큼이나 그 원인 역시 눈물 흘릴 만한 일이었지요. 동료 집정관에 대한 증오로 직무에 있던 1년 내내 집 밖으로 나서지 않았던 인물인[45] 비불루스는 두 아들이 죽었다는 소식을 접한 다음 날 총독 직무에 복귀했습니다. 누가 아들들을 추모하는 데 하루도 안 되는 시간만을 가지겠어요? 집정관을 할 때는 1년 동안 탄식하던 사람이 자식들에 대한 애도는 그렇게 빨리 끝내 버린 것이지요.

14. 3 가이우스 카이사르가 브리타니아로 건너가며 바다도 그 행운을 막을 수가 없었던 그때,[46] 그는 자신과 함께 국가의 운명을 끌어 가는 딸이 죽었다는 소식을 듣게 됩니다.[47] 그때 눈앞에 떠오른 것은 그나이우스 폼페이우스였지요. 폼페이우스는 공화국 안에서 또 다른 위대한[48] 인물을 참지 못할 것이며, 그들이 함께 권력을 키웠다고는 하나 자신에게 위험한 인물의 부상을 제지할 거라 생각했습니다. 결국 카이사르는 사흘도 되지 않아 지휘관 직무에 복귀하였으며 언제나처럼 빠르게 슬픔을 극복하게 됩니다.

15. 1 다른 카이사르 성씨 사람들이 겪은 자식들의 죽음을 당신에게 읊어 봐야 무엇하겠어요. 운명은 종종 그들을 공격하지요. 그로 인해 신들의 자식이며 신들을 낳는다고 말하는 그들조차 다른 사람들의 운명을 다스리듯 자신들의 운명을 다스릴 수는 없음을 보여 주면서 인류에게 그런 식으로도 이바지하였지요

15. 2 신과 같은 아우구스투스는 자식과 손자들[49]을 잃어 카이사르의 대가 끊기자 입양[50]을 통해 집안이 쓰러지지 않게 했습니다. 그렇지만 그것이 이미 자신의 일이며 누구든 신들에 대해 불평하지 않도록 하는 것이 자신의 가장 중요한 일인 양 용감하게 견뎌 냈습니다.

15. 3 티베리우스 카이사르는 자신이 낳은 아들도 입양한 아들도 모두 먼저 보냈습니다.[51] 그럼에도 그는 연단에서 아들을 추도했고 눈앞에 놓인 유해를 보고 서 있었습니다. 물론 시신으로부터 제관[52]의 눈을 가리기 위해 베일이 가운데 놓이긴 했지요. 그러나 로마 인민이 눈물을 흘리는 가운데 그는 표정 하나 변하지 않았습니다. 곁에 있는 세야누스에게 자신이 가족의 죽음[53]을 얼마나 잘 견디는지 몸소 보여 준 것입니다.

15. 4 혹시 알고 계신가요? 모든 것을 쓰러뜨리는 이 재앙이 절대 피해 가지 않은 위대한 인물들이 얼마나 많았는지를요. 정신적으로 그토록 고양되고 공적으로나 사적으로나 빛나

는 업적을 쌓았어도 말이지요. 하지만 분명 저 폭풍은 세상을 돌아다니며 가리지 않고 모든 것들을 없애 버리고 자기 것인 양 취급합니다. 사람들 각자에게 숙고해 보라 하세요. 누구도 그 업을 타고나지 않은 자 없습니다.

16. 1 당신은 아마 이렇게 말하겠지요. "당신은 당신이 여자를 위로하고 있다는 것을 잊고 남자들 이야기만 하는군요." 그런데 어느 누가 자연이 여자들의 재능에 대해서는 인색하고, 그들의 덕은 범위를 좁혀 놓았다고 그러겠어요? 믿으세요. 그녀들도 똑같이 활력 있으며, 허락만 된다면 관직으로 나갈 능력도 똑같습니다. 또한 익숙해지기만 한다면 고통과 노동도 똑같이 견딘답니다.

16. 2 선한 신이여, 제가 그 어떤 나라에서 이야기하고 있나요? 루크레티아와 브루투스[54]가 로마인들의 머리 위에서 왕을 쫓아내 버린 그 나라입니다. 우리가 자유를 누리는 것은 브루투스 덕분이며, 브루투스는 루크레티아에게 빚지고 있습니다.

또한 이곳에서 우리는 적과 강을 두려워하지 않는 놀라운 과감함에서 클로엘리아[55]는 남자들 못지않다고 전하고 있습니다. 가장 유명한 장소인 비아 사크라에서 말을 탄 동상의 모습으로, 클로엘리아는 푹신한 가마에 탄 젊은이들을 향해 여자에게도 말을 선물한 우리의 나라에 들어서고 있음을 알리고 있습니다.

16.3 자기 가족의 죽음을 용감히 견딘 여자들의 예를 찾으러 이 집 저 집 다니지는 않을게요. 한 집에서 두 명의 코르넬리아를 보여 드리겠습니다. 먼저 스키피오의 딸이자 그라쿠스 형제의 어머니가 있습니다. 그녀가 열두 명의 아들을 낳았음은 같은 수의 장례식을 통해 확인되었습니다. 낳고 죽은 것조차 국가가 알지 못하는 다른 자식들에 대해서는 넘어갑시다.

코르넬리아는 티베리우스 그라쿠스와 가이우스 그라쿠스[56]가 살해된 것을 보았을 뿐만 아니라 매장도 허락되지 않은 것을 보았지요. 이들이 좋은 사람들이라고 말하지는 못하겠다는 이라도 그들을 위대한 사람들이라고는 이야기할 것입니다. 자신을 위로하면서 불쌍하다고 말하는 사람들에게 그녀는 이렇게 말했습니다. "나는 내가 불행하다고 말하지 않을 거예요. 그라쿠스 형제를 낳았으니까요."

16.4 리비우스 드루수스의 아내가 된 다른 코르넬리아는 빛나는 자질을 타고난 훌륭한 아들[57]을 누가 죽였는지도 모르는 채 먼저 보냈습니다. 그라쿠스 형제의 발자취를 좇던 그는 청원을 마무리하지도 못한 채 자기 집에서 살해당했지요. 하지만 그 참혹하고 원통한 아들의 죽음을, 아들이 법안을 제출하며 보인 용기를 자기 것으로 삼아 견뎌 냈습니다.

16. 5 이제 운명과 화해하지 않을 생각인가요, 마르키아? 스키피오 집안 사람들과 스키피오의 어머니와 딸들을, 그리고 카이사르 집안 사람들을 겨눈 그 창이 당신을 여전히 겨누고 있으니 말이에요.

갖가지 사건들로 가득 차 위험한 것이 삶이며, 그런 사건들로 인해 누구에게도 긴 평화나 휴식조차 없습니다. 당신은 네 자식을 낳았지요, 마르키아. 사람들은 밀집 대형을 향해 던져진 창은 헛되이 떨어지는 법이 없다고 말하지요. 그렇게 많은 사람들이 시기나 손해 없이 지나갈 수 있다는 것은 놀라운 일 아닐까요?

16. 6 "하지만 운명은 그저 빼앗기만 한 것이 아니라 아들들만 골랐기에 공정하지 못했습니다." 자신보다 강력한 존재와 평등하게 나누는 것을 두고 불공정하다 할 수는 없습니다. 운명은 당신에게 두 딸과 그들로부터 나온 손자들을 남겨 두었지요. 먼저 죽은 아들을 잊은 채 지금 슬퍼하는 그 아들은 완전히 빼앗긴 것이 아닙니다. 당신은 그 아들에게서 난 두 명의 손녀들이 있으니 말입니다. 견디지 못한다면 큰 짐이 되겠지만 잘 견디기만 한다면 커다란 위로가 될 것입니다. 그러니 손녀들을 보면서 슬퍼하지 말고 아들을 회상해 보세요.

16. 7 농부는 나무가 바람에 뿌리째 뽑히거나 갑자기 불어온 돌풍에 부러지면 남은 부분들을 잘 키우고, 나무를 잃은

자리에는 즉시 씨앗을 뿌리거나 묘목을 심습니다. 그러면 금세 ── 시간은 빼앗을 때처럼 키울 때도 급격하고 빠른 법이지요. ── 잃어버린 것들보다 풍요롭게 자라납니다.

16. 8 당신의 아들 메틸루스의 두 딸들로 아들의 빈자리를 채워 하나의 고통을 두 개의 위로로 가벼이 하세요. 무엇이든 잃어버린 것보다 더 애착이 가지는 않는 것이 인간의 본성입니다. 그러나 운명은 잔인하게 다가올 때조차 당신에게 얼마나 넘치도록 너그러웠는지, 당신이 잘 헤아린다면 당신이 위로 이상의 많은 것을 가졌음을 알게 될 거예요. 저렇게 많은 손자들과 두 딸을 돌아보세요. 그리고 마르키아, 이렇게도 이야기해 보세요. "누구에게든 운명은 그 성품에 따르는 것이라 하여 선한 이들에게는 나쁜 일이 절대로 일어나지 않는다 하면, 나는 화가 치밀겠지요. 하지만 이제 나는 악한 자에게나 선한 자에게나 아무 차이 없이 똑같은 방식으로 불행이 닥쳐온다는 것을 알고 있습니다."

17. 1 "하지만 청년으로 키워 이제 아버지나 어머니에게 보호막과 자랑거리가 되는 아이를 잃는다는 건 괴로운 일입니다." 그것이 괴롭다는 것을 누가 부정할까요? 하나 그것이 인간의 일인걸요. 당신은 그렇게 태어난 것이지요. 잃고 죽고, 희망하고 두려워하고, 남들과 당신 자신을 괴롭히고, 죽음을 두

려워하면서 죽기를 바라지요. 최악은, 당신의 처지가 어떤지 모른다는 것입니다.

17. 2 누군가 쉬라쿠사이를 찾아가는 이에게 이렇게 말합니다. "당신이 앞으로 여행에서 겪을 어려움과 즐거움을 모두 미리 알고 나서 항해하세요. 당신이 당황하는 건 이런 것들 때문입니다. 먼저 좁은 해협으로 이탈리아 땅과 나누어진 섬을 보게 될 거예요. 예전에는 분명히 본토와 이어져 있었지요. 거기 갑자기 바다가 들이닥쳤고 '헤스페리아의 바닷가를 시킬리아로부터 갈라 버렸습니다.'[58]

그다음 눈에 들어오는 것은 — 탐욕이 넘치는 바다의 소용돌이를 지나갈 수도 있으니까요. — 저 신화 속 카립디스로, 남풍이 불지 않을 때는 고요하지만 거친 바람이 불어온다 치면 크고 깊은 입을 벌려 배들을 삼켜 버린다지요.

17. 3 많은 시인들이 칭송한 샘, 아레투사[59]도 보게 될 거예요. 바닥까지 보이는, 맑고 깨끗하며 시원하기 그지없는 물이 솟아나는 샘이지요. 처음부터 그렇게 솟아나온 건지, 아니면 땅 아래로 스며든 물이 바다 밑으로 흘러가며 바닷물과 섞이지 않고 원래 모습 그대로 거기서 솟아난 것인지는 알 수 없습니다.[60]

17. 4 또한 자연이 배들을 안전하게 정박하도록 둔 것이든 사람의 손이 가해진 것이든 어느 항구보다 고요한 항구[61]를 보

게 될 것입니다. 아무리 미친 듯이 태풍이 몰아쳐도 안전한 곳
이지요. 아테네의 해군이 침몰된 곳,[62] 깎아지른 바위가 엄청난
높이로 둘러싸 수천 명의 포로들을 가두고 있는 천연의 감옥
도 볼 겁니다. 커다란 도시와 그 외 수많은 도시들[63]까지 들어
갈 만큼 커다란 영토, 하루도 햇빛이 비추지 않는 날이 없어 겨
울에도 따뜻한 날씨를 보게 될 거예요.

17. 5 당신이 이 모든 것들을 겪고 나면, 몸에 맞지 않고 힘
겨운 여름이 겨울의 은혜를 쓸모없게 만든다는 것을 알 겁니
다. 거기에는 디오뉘시우스[64]가 있을 거예요. 독재자이며 법의
파괴자로 플라톤이 떠난 후에도 권력에 욕심을 부리다 추방당
했으면서도 어떻게든 살아 보려 한 인물입니다. 사람들을 화
형에 처하고 어떤 이는 채찍질하며, 아무리 죄가 작아도 참수
를 명하고, 욕망을 채우려 남녀를 불러들이며, 왕궁의 무절제
하고 추악한 무리들과 어울려 한 번에 두 명과 성교하는 것으
로도 만족하지 못했던 사람입니다. 이제 당신을 유혹하는 것
이 무엇이며, 당신을 두렵게 하는 것이 무엇인지 들었습니다.
그러니 이제 배를 타든지 머무르든지 하세요."

17. 6 이런 설명을 듣고 나서도 그가 쉬라쿠사이에 발을
들이고 싶다고 했다면 갑작스레 간 것이 아니라 미리 생각하
고 모두 알고 방문한 것이니, 그 자신 외에 누구를 원망한들 정
당할까요?

자연은 우리 모두에게 말합니다. "나는 누구도 속이지 않는다. 네가 아들들을 낳는다면 너는 수려한 외모의 아들을 가질 수도, 못생긴 아들을 가질 수도 있다. 많이 낳을지도 모르겠다. 그러면 그중 누군가는 나라의 수호자일 수도, 반역자일 수도 있다.

17.7 위엄이 대단하여 누구도 너에게 함부로 말하지 못할 정도의 아들을 두고 싶다는 바람을 포기할 이유도 없다. 하지만 대단히 염치 모르는 아들들을 두어 욕을 먹을 수도 있음을 명심하라. 그 무엇도 그 아들들이 너의 장례를 치르는 것이나 너를 추도하는 것을 막을 수 없다. 하지만 자식이 어릴 때든 성년이 되어서든, 노년이 되어서든 언젠가 네가 그를 화장해야 한다는 것도 각오해야 한다. 부모가 따라가야 하는 장례는 고통스럽지 않을 수 없으니 나이는 상관이 없다."

법도가 이렇게 정해진 다음에야, 자식을 낳는다면 신들을 원망해서는 안 됩니다. 그들은 당신에게 아무것도 확실히 약속하지 않으니 말이지요.

18. 1 이런 그림[65]을 인생 전체의 시작에 적용해 보세요. 쉬라쿠사이에 갈지 말지 고민하는 당신에게 즐거울 것과 고통스러울 것을 내가 전부 말해 볼게요. 당신이 막 태어나려 할 때 내가 조언하러 왔다고 생각하세요.

18. 2 "당신이 들어가려는 도시는 신들과 인간들이 함께하는[66] 곳으로, 모든 것을 자신의 품에 넣고 영원히 정해진 법칙에 따르며 하늘로부터 주어진 의무를 끊임없이 수행하는 곳입니다. 거기서 당신은 무수히 빛나는 별들과, 매일매일 뜨고 지며 밤과 낮을 구별하는 태양이 모든 것을 채우는 모습과 1년의 운행으로 여름과 겨울로 계절을 똑같이[67] 가르는 모습을 볼 것입니다.

그 뒤를 이어 달이 밤에 움직이는 모습을 보겠지요. 오빠로부터 부드럽고 온화한 빛을 빌려 빛나며, 때로는 완전히 숨고 때로는 전체를 온 누리에 드러내 차고 이지러지는 변화를 보여 주며 항상 전날과 다를 것입니다.

18. 3 또한 다섯 개의 별[68]이 서로 다른 궤도를 돌면서 빠르게 움직이는 우리 세상과 반대로 움직이는 것을 볼 것입니다. 이들의 작은 움직임에 따라 수많은 사람들의 운명이 좌우되고, 큰일이든 작은 일이든 별들의 길하고 흉함에 따라 정해진답니다. 솟아오르는 구름과 퍼붓는 비, 갑작스러운 번개와 천둥에 놀라겠지요.

18. 4 하늘의 구경거리에 싫증 나 땅으로 눈을 돌리면 또 다른 세상의 모습들과 놀라운 것들이 당신을 맞이할 거예요. 이쪽에는 끝없이 펼쳐진 넓고 광대한 평원이, 저쪽에는 눈으로 덮여 우뚝 솟은 산봉우리들이 하늘을 향해 웅장하게 서 있

습니다. 한곳에서 발원하여 동과 서로 갈라져 흐르는 크고 작은 하천들과 산꼭대기까지 빼곡히 들어찬 나무가 있고, 짐승들과 새들이 함께 노래하는 숲이 눈에 들어올 겁니다.

18.5 여기저기 자리 잡은 도시와 지리적으로 어려움을 겪는 부족들이 있는데, 어떤 부족은 높은 산에 몸을 숨기고 어떤 부족은 강과 호수, 골짜기 사이에 둘러싸여 숨어 지냅니다. 사람의 손으로 경작된 농지가 있는가 하면, 경작자 없이 흩어져 자라는 덤불도 있습니다. 초원을 가볍게 흐르는 작은 시내와 아름다운 하구, 만을 만들며 안쪽으로 물러난 해안, 드넓은 바다 사이사이에 산개하여 바다를 구분하는 섬들이 있습니다.

18.6 빛나는 돌과 보석의 광채, 모래에 섞여 물줄기를 따라 흐르는 사금, 육지 한가운데와 바다 한가운데서 높이 뿜어져 오르는 불기둥, 대지를 둘러싼 바다, 거친 파도로 날뛰며 종족들을 갈라놓는 세 개의 만[69]은 어떻습니까?

18.7 당신은 이곳에서 육지 생물보다 훨씬 큰 몸집을 가진 동물들을 보게 될 것입니다. 어떤 것은 무거운 몸으로 다른 것들을 따라가고, 어떤 것은 쾌속의 배보다 빠르고, 어떤 것은 바닷물을 빨아들였다가 토해 내 곁으로 지나가는 배들을 위협합니다.[70] 당신은 여기서 미지의 땅을 향해 항해에 나선 배들도 볼 것입니다.

인간의 과도한 자신감이 도전하지 않은 것은 없음을 알게 될 것이며, 그 목격자가 되기도 하고, 당신 자신도 그런 일을 시도하는 일원이 되기도 할 것입니다. 기술들을 배우기도 하고 가르치기도 할 것인데, 어떤 것은 삶을 유지하는 기술, 어떤 것은 장식하는 기술, 어떤 것은 규제하는 기술이 될 것입니다.

18.8 하지만 거기에는 몸과 마음을 망치는 수많은 질병들이 있을 것이며 전쟁과 약탈, 독과 난파와 악천후,[7] 육체의 허약함, 아끼는 이들의 이른 사망과 편안할지 형벌이나 고문으로 인한 것일지 불확실한 자신의 죽음이 있을 것입니다. 충분히 숙고하고 당신이 무엇을 원하는지 따져 보세요. 저곳에 도달하려면 이것들을 지나쳐야 합니다."

당신은 살아 보고 싶다고 대답하겠지요. 아닌가요? 아니면 생각건대, 뭔가를 잃어 탄식하고 고통스러워할 곳에는 다가가지 않겠네요. 그러니 동의한 그대로 사세요. 당신은 이렇게 말하겠지요. "아무도 나에게 그런 조언을 해 주지 않았어요." 우리 부모님들은 우리에 대해 조언을 얻었고, 그런 삶의 조건을 알고 여기에 우리를 낳은 것입니다.

19.1 하지만 이제 위로로 돌아와, 우리가 우선 무엇을 치유해야 하고 다음에는 어떤 식으로 치유해야 하는지 봅시다. 슬퍼하는 사람을 움직이는 것은 사랑했던 사람에 대한 그리움입니다. 그리움은 그 자체로는 견딜 만한 것임이 분명합니다.

집을 비웠거나 멀리 떨어져 있어도 살아 있다면 우리는 슬퍼하지 않으니까요. 그들을 보고 함께 즐길 기회가 없다 해도 말이에요.

그러니 우리를 고통스럽게 만드는 것은 마음이며, 고난의 크기는 우리의 평가에 따른 것이지요. 치료법은 우리 능력에 있습니다. 죽은 사람들을 잠시 떠난 사람들이라 생각하고 스스로를 속입시다. 우리는 그들을 멀리 보냈고 곧 뒤따르겠다며 먼저 보낸 것입니다.

19. 2 이런 생각도 슬퍼하는 사람들을 움직입니다. "나를 지킬 사람, 나를 멸시로부터 구해 줄 사람은 없을 것이다." 위로가 될 것 같지 않지만 진정 위로로 사용하자면, 우리 로마에서 아이가 없는 것은 슬퍼하기보다 오히려 감사할 일이며, 그렇다 보니 예전에는 노년을 괴롭히던 고독이 이제는 힘을 얻게 해 아들들을 싫어하는 척하여 자식들을 내치고 스스로 자식이 없는 상태가 되기도 합니다.[72]

19. 3 당신이 뭐라 말할지 알고 있습니다. "나는 내가 손해를 입어 마음이 흔들리는 것이 아닙니다. 그러니까 아들을 잃어버린 것을 마치 노예를 잃은 것처럼 여기고, 아들에게서 아들 외에 뭔가를 보고 있었던 사람은 위로받을 자격이 없는 사람이란 말입니다."

그렇다면 마르키아, 당신을 흔드는 것은 대체 무엇인가

요? 당신의 아들이 죽었다는 것인가요, 아니면 오래 살지 못했다는 것인가요? 죽었기 때문이라면 아들이 살아 있는 내내 슬픔에 빠져 있었을 거예요. 그가 죽을 거라는 걸 알고 있었으니 말이지요.

19. 4 죽은 사람은 어떤 고난도 당하지 않음을, 저승에 가면 끔찍하다고 한 것은 모두 꾸며 낸 이야기[73]임을, 죽은 사람들을 위협하는 어둠이나 감옥, 불의 강이나 빠르게 흐르는 오블리비오(망각의 강)도 없고, 심판관이나 피고도 없으며, 저 넓고 자유로운 곳에 어떤 폭군도 다시 나타나지 않습니다.[74] 저런 것들은 시인들이 놀이 삼아 꾸며 낸 것이며, 거짓된 두려움으로 우리를 헤집어 놓았을 뿐입니다.

19. 5 죽음은 모든 고통이 해소되는 것이고, 이 세상 고난이 건너가지 않는 종착지이며, 우리를 태어나기 이전에 누리던 평온으로 되돌려 놓습니다. 누군가 죽은 이들을 슬퍼한다면 태어나지 않은 이들도 슬퍼하라 하세요. 죽음은 선도 아니고 악도 아닙니다. 존재하는 것이어야 선이든 악이든 될 수 있으니까요.

하지만 그 자체로 아무것도 아니며[75] 모든 것들을 아무것도 아닌 상태로 돌려놓을 수 있는 것은 우리를 어떤 운명에도 넘기지 못합니다. 좋고 나쁜 것은 물질과 관련되어 있으니까요. 운명은 자연이 이 세상에서 내보낸 것을 붙잡을 수는 없으며 그러므로 아무것도 아닌 자가 불행할 수는 없는 노릇입니다.

19. 6 당신의 아들은 예속의 경계를 넘어 크고 영원한 평화가 그를 데려간 것입니다. 가난에 대한 두려움, 재산에 대한 걱정, 쾌락으로 마음을 좀먹는 욕망의 자극에서도 벗어났습니다. 다른 사람들의 행복을 질시하며 괴로울 일도 없고, 자기 행복의 무게에 짓눌릴 일도 없으며, 부끄러움을 아는 귀는 어떤 욕설도 받아들일 필요가 없습니다.

공적이든 사적이든 아무런 고난도 경계할 일 없고, 항상 갑작스럽게 닥쳐와 불확실함에 매달려야 하는 미래를 고민할 필요도 없습니다. 마침내 어떤 것도 그를 겁에 질리게도 두렵게도 만들지 않는 그곳에 정착한 것입니다.

20. 1 아, 자신의 재난을 알지 못하는 이들이여, 죽음을 자연 최고의 발명이라 칭송하지도 기대하지도 않는구나. 그것이 행복을 품고 있든, 재앙을 쫓아내든, 노년의 지루함과 피로를 끝내든, 꽃이 활짝 피어 있어 더 나은 것들을 바라는 동안 한창 나이의 젊은이를 데려가든, 험한 삶의 단계에 이르기 전에 아이를 다시 불러 가든, 죽음은 모두에게 끝이며 많은 이들에게 치유이며 어떤 이들에게는 소망이 되고, 누구보다 불리기 전에 스스로 결정한 어떤 이들에게는 더없이 좋은 일이 됩니다.

20. 2 이러한 죽음은 주인이 원치 않아도 노예를 해방시킵

니다. 죽음은 포로가 된 자의 족쇄를 풀어 줍니다. 죽음은 능력이 부족한 권력이 가둔 자들을 감옥에서 꺼내 줍니다. 죽음은 추방당해 늘 조국만 생각하며 그쪽만 바라보는 사람들에게 어디서 죽는지는 중요하지 않다는 것을 가르쳐 줍니다. 죽음은 모든 것을 평등하게 되돌려 놓습니다. 운명이 공동의 재산을 잘못 나누었을 때, 동등한 권리를 가지고 태어난 자들인데 한쪽이 다른 쪽을 지배하게 했을 때도 말입니다. 죽음 이후에는 누구든 다른 사람의 의지대로 움직일 필요가 없습니다. 이후에는 누구도 자신의 처지를 부끄러워할 필요가 없으며, 죽음은 누구에게도 닫혀 있지 않습니다.

죽음은, 마르키아, 당신의 부친이 원했던 것입니다. 저는, 죽음이 있기에 태어나는 것이 벌이 아니며, 그 덕분에 고난의 위협 앞에 무릎 꿇지 않아도 되고, 그 덕분에 정신을 건강하고 자율적으로 유지할 수 있다고 말하는 겁니다.

20. 3 마지막으로 강조할 것이 있습니다. 저는 저기 한 가지가 아닌 각양 각색의 고문 방식을 보고 있습니다. 누군가는 사람을 거꾸로 매달아 놓고, 누군가는 항문에 못질을 하며, 누군가는 사람들의 팔을 벌려 십자가에 묶어 놓았습니다. 저는 형틀을 보고 있고 채찍을 보고 있으며 그것들은 각각의 도구로 온 사지를 비틀고 있답니다. 하지만 저는 또한 죽음도 봅니다.

저기 잔혹한 적들이, 오만한 시민들이 있습니다. 하지만 저는 저기에서 죽음도 봅니다. 지배에 신물이 나도 한 걸음만 내디뎌 자유로 건너갈 수 있다면 예속은 힘든 일이 아닙니다. 삶이여, 내가 너를 아끼는 것은 죽음의 호의 덕분이다.

20. 4 생각해 보세요. 죽음이 선한 이들에게는 얼마나 큰 기회며, 너무 오래 살아남은 것이 얼마나 많은 이들에게 해를 끼쳤는지. 제국 로마의 자랑이며 기둥이던 저 그나이우스 폼페이우스[76]를 네아폴리스에서의 질병[77]이 앗아갔다면, 의심할 바 없이 그는 로마 인민의 지도자로서 세상을 떠났을 것입니다.

하지만 얼마 안 되는 세월을 연명했기에 그는 정상의 자리에서 밀려났습니다. 그는 병사들이 죽어 쓰러지는 것을 자신의 눈으로 보았으며, 원로원이 앞장섰던 그 전투에서 ── 살아남은 자들은 불행하구나. ── 살아남은 사령관인 자신을 보았습니다.

그후, 그는 참수인이 이집트인인 것을 보았으니 승자에게 명예롭게 바쳤어야 할 몸을 부하에게 내준 것입니다. 하긴 그때 살았다 해도 살아남은 걸 후회했을 겁니다. 왕이 자비를 베풀어 폼페이우스가 살아남았다는 것은 너무나도 추한 일이니까요.

20. 5 마르쿠스 키케로도 국가와 자신을 노린 카틸리나의 단검을 피했던 그때 국가를 지킨 구원자로 죽었다면, 그래서 딸이 그가 죽은 후 죽었다면, 참으로 행복하게 죽었을 것입니

다.[78] 로마 시민의 생명을 노리는 칼을 뽑아 드는 것도, 죽은 이들의 재산을 나눠 가진 살인자들도, 심지어 재산 때문에 죽은 이들도 보지 않았을 것입니다. 집정관의 전리품인 창이 경매에 부쳐진 것도, 공공연하게 청부 계약된 살인과 강도와 전쟁, 약탈과 그토록 많은 제2의 카틸리나들도 보지 않았을 것입니다.

20. 6 마르쿠스 카토가 왕의 유산 집행인 역할을 마치고 퀴프로스[79]에서 돌아오며 내전을 위해 쓰려던 저 돈과 함께 바다에서 목숨을 잃었다면 그에게는 행운이 아니었을까요? 그랬다면 카토 앞에서는 감히 죄를 범하려는 자가 없다는 명성은 가져갔을 테니까요. 불과 몇 년 더 살았다는 이유로 자신과 국가의 자유를 위해 태어난 인물이 카이사르를 피해 어쩔 수 없이 폼페이우스를 따르게 된 것이지요.

그러니 당신 아들의 때 이른 죽음이 불행을 가져온 것은 아닙니다. 심지어 모든 불행을 견딜 필요가 없어진 것입니다.

21. 1 "그렇지만 너무 빨리 죽었고 너무 젊은 나이였어요." 먼저 그에게 시간이 남았다고 생각해 보세요. 인간에게 최대한 허락된 시간이 얼마인지 생각해 보세요. 우리는 아주 짧게 살도록 태어나, 우리가 보고 있는 이 삶이라는 숙소에서 곧 찾아올 사람에게 방을 비워 줘야 합니다. 저는 우리의 수명에 대

해 말하는 겁니다. 그건 얼마나 믿기 어려울 만큼 빠르게 지나가나요. 도시의 수명을 생각해 보세요. 인간에게 속하는 모든 일들은 찰나에 사라져 버리고 그 어떤 시간의 부분도 무한에 속하지 않습니다.

21. 2 도시들과 사람들, 강과 함께 바다로 둘러싸인 이 땅은 우주에 비하면 점에 불과하며, 시간 전체에 비하면 이미 시간의 크기가 세상의 크기보다 커 세상은 시간의 공간 안에서 몇 번이고 되풀이될 겁니다.[80] 그러니 얼마가 되든 늘어난다 해 봐야 어차피 없는 것과 별반 다를 바 없는 시간이 연장되었다 해서 무슨 차이가 있겠어요. 삶이 충분할 때에야 우리의 삶도 커지는 겁니다.[81]

21. 3 내게 역사에 전할 정도로 오래 살아 110세까지 살았던 사람들을 이야기한다 칩시다. 하지만 영원한 시간을 염두에 두고 어떤 사람이 산 기간과 살지 않은 기간을 비교한다면, 아주 짧게 산 것과 아주 길게 산 것은 아무 차이가 없는 것이나 마찬가지일 거예요.

21. 4 다음으로 당신의 아들은 때가 되어 죽은 것입니다. 살 만큼 살았으며 그에게 여전히 남은 삶은 없습니다. 노년의 나이는 모든 사람들에게 같지 않고, 동물들도 그렇습니다. 어떤 동물은 열네 살이 되면 명을 마치며, 그것이 그 동물의 수명이 되는데, 인간으로 치면 어린 나이입니다. 삶의 능력은 저마

다 다르게 주어집니다. 누구도 너무 일찍 죽지 않는데 그가 산 것보다 더 오래 살아남을 수는 없기 때문입니다.

21. 5 저마다의 끝은 정해져 있습니다. 그 끝은 처음 놓인 그대로 머물 것이며, 어떤 노력과 영향력으로도 뒤로 밀리지 않을 거예요. 그렇게 당신의 아들은 계획된 대로[82] 삶을 마쳤다고 여기세요. 그는 자신의 수명을 지녔으며, "그리고 정해진 시간의 목적지에 이르렀습니다."[83]

21. 6 그러니 "더 오래 살 수도 있었어요."라고 하면서 당신 스스로에게 그렇게 짐을 지울 필요가 없습니다. 그의 삶은 중단된 것도 아니고, 우연히 불운이 그의 삶에 끼어든 것도 아닙니다. 각자에게 약속된 두루마리가 풀렸을 뿐이에요. 운명은 자신의 길을 걸어갈 뿐 아무것도 보내지도, 약속한 것에서 빼앗아 가지도 않는 법이니까요.

기도든 노력이든 헛된 일일 뿐입니다. 각자는 삶을 시작한 첫날 그에게 주어진 수명을 갖게 됩니다. 당신의 아들은 처음 세상 빛을 본 날부터 죽음의 여로에 발을 내딛고, 날마다 운명에 가까워져 가며 청년기를 보냈던 햇수만큼 수명이 줄어든 것이지요.

21. 7 여기서 우리 모두는 죽음에 가까워진 것이 노인이나 이미 내리막에 있는 사람뿐이라고 착각하고 있지요. 하지만 유년기의 아이도 청년도, 모든 나이에서 우리는 이미 죽음을

향해 움직이고 있습니다. 운명은 제 할 일을 합니다. 우리가 죽는다는 것을 알아차리지 못하도록, 죽음이 더 쉽게 우리에게 숨어 들어올 수 있도록, 삶이라는 이름으로 죽음을 숨겨 두지요.[84] 소년은 유아의 탈바꿈이며 청년은 소년을, 노년은 청년을 앗아갑니다. 성장 자체는, 잘 생각해 보면, 벌이기도 합니다.

22.1 마르키아, 당신은 아들이 살 수 있었던 만큼 오래 살지 못해 한탄하는 것인가요? 오래 사는 것이 그에게 득이 되었을지 이 죽음이 도움이 되었는지 어떻게 알 수 있을까요. 지금 당신 아들에게는 시간이 지나가도 두려울 것이 없는 것처럼 그렇게 확고한 바탕 위에 놓인 사람을 누구든 찾을 수 있나요?

사람의 일은 흔들리고 유동적이어서 우리 인생의 어떤 부분도 가장 행복할 때만큼 위태롭고 약할 때가 없지요. 그러니 가장 행복한 사람들이야말로 죽음을 바라야 합니다. 이처럼 불안하고 혼란스러운 세상에서는 지나가 버린 것이 가장 확실한 것이기 때문입니다.[85]

22.2 누가 당신에게 보장할 수 있겠어요? 그의 아름다운 몸, 사치스러운 도시의 시선을 받으면서도 염치의 감시로 보호받으며 지켜진 그 몸이 수많은 질병을 피해 그 아름다운 모습을 훼손당하지 않은 채 노년에 이를 거라 누가 보장할까요?

정신을 망치는 수많은 더러운 것들도 생각해 보세요. 어릴 때 바르고 훌륭한 자질을 지녔어도 노년까지 그대로 간직하는 경우는 없으며 대개 사라져 버린답니다. 늦은, 그래서 더 추한 사치가 처음의 아름다움을 공격하고 망가뜨리기 시작하든지, 술집에 다니며 배를 채우는 데만 급급해 무엇을 먹을지, 무엇을 마실지를 가장 중요한 관심사로 갖지요.

22.3 이에 덧붙여 화재와 붕괴, 파선이 있을 것이며, 산 사람에게서 뼈를 꺼내거나 내장 깊이 손을 통째로 밀어 넣거나, 극심한 통증을 주며 음부를 치료하는 의사들이 수술할 것입니다. 이 외에도 추방(당신의 아들이 루틸리우스[86]보다 결백하지는 않았으니까요.)과 감금(소크라테스보다 현명하지는 않았으니까요.)과 스스로 가슴에 칼을 꽂는 일(카토 이상의 성인은 아니었으니까요.)이 있을 겁니다.

이런 점들을 곰곰이 생각해 보면 당신도 알게 될 겁니다. 죽음이 삶의 보상으로 그들을 기다리고 있었기에, 자연이 서둘러 데려간 그들을 위해서는 가장 좋은 일이었음을 말입니다. 인간의 삶만큼 속이는 데 능한 것도 없으며 그만큼 배신하는 것도 없습니다. 분명 아무것도 모르는 이들에게 주어지지 않는다면 누구도 저 삶을 받아들이려 하지 않았을 것입니다. 그러니 태어나지 않는 것이 가장 행복한 것이라면, 그다음은 제 생각으로는 짧은 수명으로 삶을 마치고 서둘러 원래대로[87] 돌아가는 것입니다.[88]

22. 4 당신에게 가장 쓰라렸던 시절을 생각해 보세요. 세야누스가 당신의 아버지를 자기 피호민인 사토리우스 세쿤두스에게 선물[89]로 건네던 그때 말입니다. 세야누스는 그때 한두 마디 스스럼없는 말 때문에 당신 아버지에게 화를 내고 있었습니다.

당신 아버지가 그런 말을 한 것은 세야누스가 떠받들어진 정도를 넘어 우리 머리 위에 올라서는 것을 참을 수 없어서였지요. 화재로 타 버린 후 카이사르[90]가 복원하려 한 폼페이우스 극장[91]에 세야누스의 동상을 세워야 한다는 결의가 이뤄지려던 때였습니다. 이때 당신의 아버지 코르두스는 그것이야말로 극장을 진짜 파괴하는 거라 외쳤습니다.

22. 5 그래서 어쨌다는 것인지요. 그나이우스 폼페이우스의 유해 위에 세야누스의 동상이 멀쩡히 세워지고, 위대한 지휘관의 기념물에 간악한 병사가 성스럽게 모셔지는 것에 불평하면 안 되나요? 고발장이 접수되고 세야누스 자신에게만 고개 숙이고 다른 모든 이들에게는 잔인하며 사람의 피로 배를 채우던 사납기 짝이 없는 개들이 이미 위험에 빠져 옴짝달싹 못하게 된 사람을 둘러싸기 시작했습니다.

22. 6 그가 무엇을 할 수 있었겠어요. 살려 한다면 세야누스에게, 죽으려 한다면 딸에게 청해야 했지만 둘 다 불가능했지요.

그래서 코르두스는 딸을 속이기로 했습니다. 체력을 소진하려 목욕을 하고, 침실에 누워 식사하는 척하며 하인들을 내보냈으며, 다 먹은 것으로 보이도록 음식을 창문으로 던졌습니다. 그러고 나서 저녁에는 침실에서 충분히 먹은 척하며 식사를 걸렀습니다. 다음 날도, 그다음 날도 그렇게 했지요. 나흘째 되던 날 몸에 기운이 빠져 표가 나기 시작했습니다. 그래서 그는 당신을 안고 이렇게 말했지요. "사랑하는 딸아, 지금까지 살면서 이것 말고는 숨긴 일이 한 번도 없었단다. 이미 나는 죽음의 여정에 들어섰고 이미 반은 와 버렸다. 너는 나를 되돌아가게 해서도 안 되고 그렇게 할 수도 없단다." 그리고 그는 모든 빛을 가리라 명했고 스스로를 어둠 속에 감췄습니다.

22.7 그의 의도가 알려지자 사람들은 쾌재를 불렀습니다. 탐욕스러운 늑대들의 아가리로부터 사냥감이 벗어났다는 것이 이유였지요. 세야누스의 지시 아래 고발자들은 집정관의 법정으로 달려가 피고인 코르두스가 죽으려 한다고 불만을 표했습니다. 그들이 몰아세운 것을 막으려 한 것이지요.[92] 그처럼 저들에게는 코르두스가 상황을 모면하려는 것으로 여겨졌습니다. 핵심 쟁점은 피고에게서 죽을 권리를 박탈할 수 있느냐였지요.

심리가 진행되는 동안, 고발자들이 거듭 심리에 참여하는 동안 그는 스스로를 자유롭게 했습니다. 마르키아, 공정하지 못한 시대에 얼마나 많은 불행이 예상치 못하게 닥쳐오는지 아시겠어요? 당신은 가족 중 한 사람이 죽을 수밖에 없었다 해서 눈물 흘리고 있는 건가요? 저분은 죽는 것도 허락되지 않았어요.

23. 1 모든 미래는 불확실하고 더 나빠지는 게 확실하다는 것을 빼면, 인간적인 것들과의 관계로부터 빨리 벗어난 영혼들에게 하늘의 길은 평탄하기 이를 데 없습니다. 그들은 무거운 세상의 앙금이나 짐을 가져가지 않았으니까요.[93] 굳어지고 세속적인 것들에 깊이 뿌리내리기 전에 놓여난 영혼들은 그만큼 가벼워져 자신의 기원으로 다시 날아가, 그만큼 쉽게 땅으로부터 묻어온 얼룩이나 더러운 것들을 씻어 냅니다.

23. 2 위대한 자질을 가진 영혼들이 몸 안에 머무르는 것은 전혀 달가운 일이 아닙니다. 그들은 나가고 깨부수기를 원합니다. 이 좁은 곳을 힘겹게 버티는 중이지요. 그들은 모든 것들 옆을 숭고한 모습으로 소요하며 높이 인간 세상을 내려다보는 데 익숙하니까요. 이것이 플라톤이 외친 것입니다.[94] 현자의 영혼은 오직 죽음에만 이르려 하고, 죽음을 명상하며, 죽음에 대한 이 욕망을 늘 가지고 육체 바깥에 매달립니다.

23. 3 당신은 어떤가요, 마르키아. 당신은 아들이 상처 입지 않은 완전한 모습으로 있을 수 있다고 생각했나요? 아들이

젊을 적 가진 노숙한 지혜를, 모든 쾌락을 극복한 정신과 흠결 없는 정신을, 탐욕스럽지 않은 부유함을, 야심 없는 명예를, 사치 없는 즐거움을 추구하던 아들을 보면서 말입니다. 무엇이든 정점에 이르면 끝에 가까워지는 법입니다. 완성된 덕은 어느 날 갑자기 우리 눈앞에서 사라집니다. 처음에 성숙해 버린 것들은 마지막 때를 기다리는 법이 없습니다.

23. 4 불은 밝게 타오를수록 빨리 꺼지지요. 잘 타지 않고 불이 잘 붙지 않는 재료로 연기가 나고 희미하게 타는 불은 오래 탑니다. 불이 잘 타지 않게 한 원인이 불을 붙잡아 두기 때문이지요. 그처럼 빛나는 재능은 짧게 갑니다. 성장의 여지가 없으면 죽음이 가까워집니다.

23. 5 파비아누스[95]가 말하기를, 우리 부모님도 보았습니다만, 로마에 몸집이 어른만 한 아이가 있었다고 합니다. 하지만 아이는 일찍 죽었지요. 그 아이가 곧 죽을 거라는 사실은 세상의 이치를 아는 사람들은 모두 알았습니다. 이미 앞질러 얻은 그 나이에 도달할 수는 없었으니까요. 그렇게 되는 것이지요. 지나친 조숙함은 곧 끝이 온다는 조짐입니다. 성장이 다한 곳에 끝이 찾아옵니다.

24. 1 나이가 아니라 덕을 기준으로 평가하는 일을 한번 시작해 보세요. 그러면 그는 충분히 오래 살았지요. 아버지가

돌아가신 뒤 그는 열네 살까지 후견인의 보호를 받았고, 늘 어머니의 보살핌 아래 있었습니다.

자신의 가정을 가졌을 때에도 그는 당신 곁을 떠나기를 원치 않고 계속 머물렀지요. 자식들은 대개 부모와 살고 싶어 하지 않는데 말입니다. 체격이나 용모, 완력을 볼 때 타고난 군인이 될 젊은이였지만 당신과 떨어지지 않으려고 군역을 거부했지요.

24. 2 따져 보세요, 마르키아, 자식들과 떨어져 사는 어머니가 자식들을 볼 기회가 얼마나 적은가요. 생각해 보세요. 아들들을 군대에 보낸 어머니들이 고독하게 보내는 그 긴 세월을요. 당신이 조금도 잃어버리지 않았던 그 시간이 대단히 길었다는 걸 아시겠지요.

그는 당신 눈앞에서 벗어난 적이 없어요. 당신이 보는 앞에서 그는 탁월한 재능의 소질을 빚어냈고, 그 재능은 많은 이들의 정진을 막는 그 수줍음이 아니었다면 당신 아버지와 비등할 정도였지요.

24. 3 남자들을 타락시키는 수많은 여성들이 주변에 넘쳐났던 청년이지만 누가 원한다 해도 거부했고, 방정하지 않은 여인들이 유혹하면 그녀의 마음에 든 것이 자신의 잘못인 양 얼굴이 빨개졌습니다.

어릴 때부터 제관의 자격이 있다고 여겨진 것은 이처럼

깨끗한 품성 때문이었습니다. 당연히 어머니의 지원이 있었으나, 훌륭한 후보자가 아니었다면 어머니라 해도 아무런 영향을 끼치지 못했을 것입니다.

24·4 이런 덕을 회상하며 당신의 아들을 품에 안은 듯이 지내세요. 지금 그는 당신에게 더욱 온전하며, 간섭할 만한 것은 없습니다. 그는 당신에게 걱정거리가 되지 않으며 탄식하게 만들 일도 없습니다.

당신이 그토록 훌륭한 아들로부터 고통스러워하던 유일한 것에 대해서는 이미 고통을 받았습니다. 문제가 없어진 나머지 것들은 즐거움으로만 가득합니다. 아들을 어떻게 생각할지 안다면, 그에게 있었던 가장 값진 것이 무엇인지 이해할 수 있다면 말이지요.

24·5 당신 아들의 진정한 형상과 비슷하지도 않은 겉모습은 사라졌습니다. 하나 그 자신은 영원할 것이며, 바깥에서 보이는 짐은 모두 내려놓고 원래 자신으로 남아[96] 더욱 훌륭한 상태가 되었습니다. 당신 눈에 보이는, 우리를 둘러싸고 있는 이것들, 뼈와 근육, 단단한 피부와 얼굴, 봉사하는 손, 그 밖에 우리를 감싼 것들은 모두 영혼을 묶은 사슬이며 그림자일 뿐입니다.

우리는 이런 것에 묻혀 질식당하고 중독되어 본래의 진실한 것으로부터 떨어져 거짓 속에 내팽개쳐져 있습니다. 당신의 아들은 이 무거운 고깃덩이[97]와 싸워 왔습니다. 거기 끌려다니고 가라앉지 않으려 말이지요. 그가 떠나간 곳은 그를 위해 빛납니다. 혼란스럽고 잡다한 것들을 떠나 순수하고 빛나는 것에 도달한 그에게는 영원한 안식이 기다리고 있습니다.

25.1 그러니 당신이 서둘러 아들의 무덤을 찾아갈 필요는 없어요. 거기 누워 있는 것은 그의 가장 별것 아닌 부분, 그에게는 가장 괴로운 것, 뼈와 재이며 의복이나 몸을 가리는 덮개나 마찬가지로 그의 일부가 아닙니다. 그는 온전하게 자신의 어떤 것도 이 땅에 남기지 않은 채 어떤 것도 잃어버리지 않고 떠나간 것입니다. 잠시 우리 머리 위에[98] 머물면서 죽을 수밖에 없는 인간의 삶으로부터 붙어 성가시게 매달린 악덕들을 씻어내고는 저 높은 곳, 맑고 복된 영혼에게 달려갔지요.

25.2 경건한 모임이 그를 붙듭니다. 거기에는 스키피오나 카토와 같은 이들이 있으며, 그 가운데 삶을 경멸하며 (죽음이라는)[99] 축복으로 자유를 얻은 사람들이 있고, 마르키아, 당신의 아버지도 있습니다. 그분은 처음 보는 빛을 기뻐하는 손자를 — 물론 거기서는 모두 가족입니다만 — 곁으로 데려와 가까이 보이는 천체들의 움직임을 가르칩니다. 추측에 의해서가 아니라 실제로 진리를 체험하여 깨우친 그는 기꺼이 손자를 자연의 비밀로 안내합니다.

천체가 어떻게 움직이는지 알고 싶어 하는 손자에게 가족인 해설자는 낯선 도시를 방문한 사람에게 길잡이처럼 고마운 존재입니다. 그는 저 아래 땅 깊이까지 보라 권합니다. 떠나온 곳들을 높은 곳에서 내려다보는 것은 즐거운 일이니까요.

25. 3 그러니 마르키아, 당신이 아버지와 아들의 시선 아래 놓여 있는 것처럼 여기세요. 당신이 알고 있는 사람들이 아니라 아주 높은 곳에 올라 머무는 사람들의 시선 말입니다. 천하고 저속한 것들을 생각하고 더 나은 곳으로 간 당신 가족들 때문에 눈물 흘린 것을 부끄러워하세요.

그들은 영원한 사물의 자유롭고 광오한 공간으로 풀려난 거예요. 사방에 흩어진 바다가 그들을 막지 않으며, 높이 솟은 산이나 길이 없는 골짜기, 불안정한 쉬르테스[100]의 여울도 없습니다. 거기서는 모든 것이 평탄하여, 그들은 움직이기 쉬우며 거칠 것 없이 가볍게 다니면서 별들과 함께합니다.

26. 1 그러니 마르키아, 당신의 아버지가 하늘에서 이렇게 이야기한다 생각하세요. 당신이 아들에게 가졌던 권위만큼이나 큰 권위를 가졌던 아버지가, 내전에서 눈물 흘릴 때 가졌던, 자신을 쫓아내려던 자들을 스스로 영원히 추방할 때 가졌던 그 재능이 아니라 그 자신의 숭고함만큼이나 고양된 재능으로 말한다 생각하세요.

26. 2 "내 딸아, 너는 어째서 그토록 오랫동안 슬픔에 붙잡혀 있는 것이냐? 너는 왜 그토록 진실을 외면하여 네 아들이 부당한 일을 당했다고 판단하는 것이냐? 그는 집이 무사할 때 스스로 온전한 모습이 되어 조상들 곁으로 돌아온 것인데 말이다.

운명이 얼마나 커다란 폭풍으로 이 세상 모든 것들을 파괴하는지 모르느냐? 운명과 관계없는 사람에게만 운명은 자상하고 친절한 모습을 보여 주는 법이다. 불행이 닥치기 전에 죽음이 그들을 데려갔다면 행복하기 그지없었을 왕들을 말해야 할까? 혹은 수명이 조금만 짧았다면 위대함에 조금도 손상을 입지 않았을 로마의 장군들을 말할까? 아니면 고귀하고 유명하며 적의 칼이 내리칠 때 목을 내놓아 잘린[101] 이들을 말해 주랴?

26. 3 네 아버지와 할아버지를 돌아보거라. 네 할아버지는 다른 나라 자객의 손에 돌아가셨다. 나는 나에 대한 공격을 누구에게도 허락지 않고 곡기를 끊어 내가 책을 쓰며 보인 용기를 드러냈다. 그런데 누구보다 행복하게 죽은 아들로 인해 우리 집안이 그토록 오래 슬퍼하고 있다니 어찌된 일이냐.

우리는 모두 한곳에 모여 깊은 어둠에 둘러싸이지 않은 채 너희를 보고 있단다. 너희가 생각하는 것처럼 너희 앞에는 희망도 없고 고결함도 없고 빛나는 영광도 없으며, 대신 저열

하고 무겁고 불안한 것들, 우리가 가진 빛의 희미함만을 보고
있지.

26. 4 여기에는 서로 싸우며 무기가 부딪치는 전쟁도 없
고, 함대가 함대를 격파하는 일도 없으며, 부모를 살해하려 꾸
미는 일도 없고, 날마다 소란스럽게 소송을 이어 가는 분주한
법정도 없으며, 어둠 속에 숨겨진 비밀도 없단다. 대신 마음은
활짝 열려 있어 삶은 감추는 것이 없으며 지난 모든 과거와 미
래를 볼 수 있다고 말해 무엇하겠느냐.

26. 5 과거 나에게는 세상의 외진 곳[102]에서 일어난 한 세
대의 사건, 몇 안 되는 인간들의 행적을 기록하는 것이 즐거움
이었다. 그러나 지금 나에게는 모든 시대를, 모든 수명들의 이
어져 가는 관계를, 시간에 관련된 모든 것들을 보는 것이 허락
되었다. 지금 나에게는 일어서는 왕국과 쇠망하는 왕국, 커다
란 도시들의 파멸과 바다의 새로운 흐름을 예견하는 것도 허
락되었다.

26. 6 이런 말을 하는 것은 모두의 공통된 운명이 너의 그
리움에 위로가 될까 해서란다. 지금 서 있는 곳에 그대로 있을
것은 아무것도 없고 오래되면 모든 것들이 쓰러지고 빼앗길
것이다. 사람만이 아니라 ── 사람에게 저 운명의 힘은 어느 정
도를 차지할까? ── 장소와 지역, 세계의 여러 부분을 운명은
가지고 노는 법이다. 운명은 산 전체를 누르고, 어느 곳에서는

바위들을 높이 뽑아 올린다. 바다를 마르게 하고, 강의 방향을 바꾸고, 여러 민족들의 교역을 끊고, 인류의 사회와 공동체를 해체시킨다.

또한 어느 곳에서는 거대한 땅을 갈라지게 해서 도시를 묻어 버리고 지진으로 흔들며, 땅 속 깊은 곳에서 역병의 기운을 내보내고, 홍수로 사람들이 사는 곳을 뒤덮고, 세상을 물에 잠기게 하여 모든 동물들을 죽이며, 죽을 수밖에 없는 것들을 불태워 없애 버린다. 또한 세상이 새로워지기 위해 스스로 파괴할 때[103]가 되면, 저것들은 스스로의 힘으로 죽어 가며 별들은 별들과 부딪치고, 모든 물질은 불타올라 하나의 불이 되어 지금 여기저기서 빛나는 것들은 무엇이든 불태워 버릴 것이다.

26.7 영혼의 행복과 영원을 분배받은 우리도, 신이 다시금 저것들을 빚어낼 거라 여겨질 때, 모든 것들이 소멸하면 저 거대한 파괴의 작은 부분이 되어 고대의 원소들로 돌아갈 것이다."

당신의 아들은 행운아예요, 마르키아. 저 모든 것을 이미 깨우쳤으니.

가족의 고통을 지켜보는 이에게

헬비아에게 보내는 위로

작품 배경

세네카는 추방당했다. 유배나 귀양이라고 표현하는 것이 실제 상황에는 더 적절할지도 모른다. 이 위로 편지의 주요 목적은 자신의 추방 때문에 크게 상심했을 어머니의 슬픔을 달래는 것이다. 세네카는 클라우디우스 황제의 조카이자 전대 황제인 칼리굴라의 누이 율리아 리빌라와의 간통 혐의로 41년에 코르시카로 추방당했다.

이 편지는 42년에서 43년 사이에 쓴 것으로 보이며, 추방당했으니 위로를 받아야 하는 입장이지만 결과적으로는 자신이 고통을 준 어머니를 위로하는 독특한 모양새를 띤다. 무엇보다도 이 위로의 편지가 다른 편지들과 차이를 보이는 것은 추방이라는 소재를 철학적이면서도 문학적으로 바라보고 있다는 점이다. 이 작품에서 세네카는 여러 위안 문학의 전통에서 보편적으로 나타나는 수사학적인 장치들을 사용하고 있으며, 거기에 그의 스토아 철학을 접목시키고 있다.

그러다 보니 이 편지는 어머니라는 매우 친밀한 관계를 대상으로 하여 쓰인 특별하고 개인적인 경우로 바라봐야 함에도, 그 한계를 벗어나 하나의 치유 프로그램이라는 양상으로 전개되고 있어 세 편의 위로 편지 가운데 '위안문학'이라는 장르적 성격을 가장 잘 보여 주는 작품이다.

1.1 자주 저는, 사랑하는 어머니, 어머니를 위로하려는 충동을 느꼈지만 그만큼 자주 참았답니다. 저한테 그렇게 하라고 부추기는 것들은 많지요. 무엇보다 어머니의 눈물을 그치게 해 드릴 수는 없어도 이따금 멈추게라도 한다면 제가 가진 고민을 모두 내려놓을 수 있을 거라 여겼습니다.

다음으로 제가 먼저 일어선다면 어머니를 더욱 잘 격려할 수 있을 거라 확신했어요. 게다가 제가 이겨 낸 운명이 가족 누군가를 해치지나 않을까 두려웠기에, 어떻게든 저는 제 부상을 손으로 누르면서 몸을 끌어 당신들의 상처를 감싸고자 했습니다.

1.2 반면 이런 제 생각을 미루게 하는 이유들도 있었습니

다. 당신의 고통이 아직 살아 있어 사나운 상황에서 오히려 위로가 고통을 더 자극하고 불타게 만들어서는 안 된다는 것을 아니까요. 사실 다른 병도 그렇지만 때가 되지 않았는데 처방하는 약만큼 위험한 것도 없습니다.

그래서 고통의 기운이 약해지고 시간이 흘러 치료를 받아들일 만큼 시간이 지나, 고통이 가라앉아 처치를 해도 되는 시기가 되기를 기다렸습니다. 게다가 저는 슬픔을 가라앉히고 누르는 방법을 설명하고 있는 유명한 인물들의 작품들을 펼쳐봤지요.

하지만 아직까지 자기 자신으로 인해 슬픔에 빠진 가족을 스스로 위로한 사람의 예를 찾지 못했어요. 그래서 저는 전례가 없는 상황에서 새로운 일 하기를 머뭇거렸고, 이로 인해 혹시 어머니의 고통이 위로받지 못하고 악화[104]되지나 않을까 두려워했습니다.

1.3 화형의 불길에서 간신히 머리를 쳐든 사람이 자신의 가족을 위로하려면 보통 사람들이 사용하는 일상적인 말이 아니라 새로운 말이 필요하지 않을까요? 그런데 고통이 지나치게 크면 때로는 목소리조차 막아 버려 말을 고르는 힘마저 빼앗아 버립니다.

1.4 그런데도 시도하는 것은 제가 저의 재주를 믿어서가 아니라 제가 직접 위로해야 가장 효과적으로 위로할 수 있기

때문입니다. 저한테 어떤 것도 거절해 본 적 없는 어머니, 슬픔은 모두가 집요한 법이라 해도, 바라건대 저에 대한 당신의 그리움을 절제하라는 이 기대 역시 거절하지 마세요.

2.1 제가 어머니의 애착을 얼마나 큰 것으로 생각하는지 한번 보세요. 불행한 사람들에게 고통만큼 더 큰 힘을 발휘하는 것도 없지만, 제가 어머니 앞에서 어머니의 고통보다 더 강해질 것임을 저는 의심하지 않습니다. 그러니 곧장 어머니의 고통과 싸우는 것은 미루고 먼저 고통에 다가가 무엇으로 인해 고통이 생기는지 밝히려 합니다. 덮여 있는 것을 전부 헤집어 드러내려고요.

2.2 누군가 이렇게 말하겠지요. "잊힌 불행들을 다시 불러내, 하나도 겨우 견디는 마음에 슬픈 일들을 죄다 들이대려는 것이 무슨 위로인가?" 하지만 그가 이렇게 생각하면 어떨까요. 병이 악화되어 치료도 소용없을 정도로 위험한 상태가 되면 대부분 정반대의 치료법으로 치료된다고 말이에요.

저는 그 마음이 겪었을 법한 모든 슬픔과 근심을 보여 주려 합니다. 이건 부드럽게 치료하는 것이 아니라 상처를 불로지지고 잘라 내는 것입니다. 그래서 제가 어떤 결과를 원할까요? 진정 많은 시련을 이겨 낸 마음이라면, 상처투성이 몸에 생긴 상처 하나로 고통스러워하는 것이 부끄러울 겁니다.

2.3 그러니 오래 지속된 행복[105]으로 정신이 나약해지고 힘을 잃게 된 이들, 극히 사소한 부정에도 무너지는 이들은 언제까지고 눈물 흘리고 탄식하라 하세요. 하지만 지금까지 재앙을 겪으며 살아온 사람들은 용감하고 흔들리지 않는 평상심으로 아무리 힘든 일도 이겨 낼 것입니다. 끊이지 않는 불행이 가진 이점이 하나 있다면, 그 불행이 늘 괴롭히는 사람들을 강인하게 만들어 준다는 것입니다.

2.4 운명은 어머니가 깊디깊은 슬픔을 피하게 두지 않았고 태어날 때마저 예외는 아니었어요. 태어나자마자, 아니 태어나는 동안 당신은 어머니를 빼앗겼고 어찌 보면 삶에 내던져진 것입니다. 계모 밑에서 자라며 친딸에게나 볼 수 있는 깊은 효심과 순종으로 계모를 진짜 어머니가 되게 하셨지요. 하기는 계모가 선량하다 해도 의붓자식이라면 누구든 대가를 치르는 법입니다.

어머니는 누구보다 훌륭하고 용감하며 너그러운 큰아버지[106]가 돌아오시기를 기다렸지만 결국 그분은 세상을 떠나셨지요. 그리고 운명은 자신의 잔인함이 분산되어 약해지지 않도록 하여, 어머니는 한 달도 채 되지 않아 사랑하는 남편[107]을 잃으셨습니다. 그분이 당신을 세 아들[108]의 어머니로 만드셨지요.

2.5 이 소식이 전해진 것은 어머니께서 아직 큰아버지의

죽음을 애도하실 때였으며, 게다가 아들들은 모두 멀리 나가 있었습니다. 마치 당신이 어디에도 고통을 가라앉히지 못할 때 일부러 운명이 불행을 집중시킨 것 같았지요. 어머니가 쉴 새 없이 겪으신 수많은 고난과 근심에 대해서는 쓰지 않을게요.

최근에는 세 명의 손자를 떠나보낸 품에 세 손자[109]의 뼈를 안으셨습니다. 그리고 당신 품에 안겨 입맞춤을 받으면서 세상을 떠난 제 아들[110]의 장례를 치른 지 20일도 되기 전에 저마저 붙잡혔다는 소식을 들으셨지요. 당신에게 아직 부족했던 불행이 바로 이것, 살아 있는 자를 애도하는 것이었지요.

3.1 당신의 몸에 새겨진 상처 가운데 최근 그 상처가 가장 큰 아픔임을 인정합니다. 피부를 찢어 놓았을 뿐 아니라 가슴과 내장까지 파헤쳤지요. 신병들은 가벼운 부상만 입어도 비명을 지르고 적의 칼보다 의사의 손을 두려워하는 법이지요. 하지만 고참병들은 깊은 상처를 입어도 남의 몸인 양 신음도 내지 않고 치료에 몸을 맡기듯 어머니도 그처럼 용기 내어 치료에 몸을 맡기셔야 합니다.

3.2 거의 모든 여자들이 고통으로 인해 탄식과 비명을 질러 대지만 그런 것들을 버리세요. 아직도 불행이 어떤 것인지 배우지 못하셨다면 지난 시간 그 많은 불행들을 그저 길바닥에 버린 셈입니다. 제가 당신을 대하면서 조금이라도 두려워

하는 모습을 보였나요? 저는 어머니가 입은 고난들을 감추지 않고 어머니 앞에 쌓아 두었습니다.

4·1 저는 엄청난 용기로 그렇게 한 것입니다. 어머니의 고통을 피해 가지 않고 이겨 내야겠다 결심해서 그런 거예요. 그런데 무엇보다 저 자신이 불쌍하다는 소리를 들을 수도 있다는 이유로, 저와 관계된 이들을 제가 불쌍하게 만든다는 이유로, 제가 힘들어하지 않았음을 보여 드린다면 제가 이긴 겁니다. 이제 어머니로 주제를 바꿔 저의 운명에 모든 것이 달린 어머니의 운명도 결코 심각한 것이 아님을 제가 입증한다면 이긴 것이겠지요.

4·2 먼저 어머니의 모정이 듣고 싶어 하는 이야기를 할게요. 제게 아무런 고난도 없다는 것을요. 할 수만 있다면 어머니께서 생각하시는 저를 괴롭히는 것들이 결코 견딜 수 없을 정도가 아니라는 것을 밝힐 생각입니다. 못 믿으시겠다면, 사람을 불행하게 만들곤 하는 것들마저 저는 행복하게 느끼고 있음을 보여 드리는 걸로 만족할게요.

4·3 저에 대한 다른 사람들의 이야기를 믿을 이유는 없습니다. 불확실한 소문들로 혼란스러워하지 마세요. 저는 전혀 불행하지 않아요. 더 안심하시도록 보탤게요. 저는 불행할 가능성조차 없답니다.

5.1 우리는 좋은 상황에서 태어났습니다. 굳이 스스로 버리지만 않는다면 말이지요. 자연은 사람이 잘 살기 위해 그다지 많은 도구가 필요하지 않게 해 주었어요. 각자가 모두 자기 자신을 행복하게 만들 수 있습니다. 우리의 바깥으로부터 온 것들의 가치는 대단치 않으며, 어느 쪽으로도 별다른 힘을 발휘하지 못합니다. 좋은 일이 생긴다 해서 현자를 들뜨게 하지 못하고, 나쁜 일이 생긴다 해도 현자를 내던지지 못합니다. 현자는 가능한 한 많은 것들을 자기 안에 두고[III] 스스로에게서 기쁨을 얻으려 노력하기 때문입니다.

5.2 그러면 제가 저 스스로를 현자라 말하는 것일까요? 그렇지 않아요. 그렇게 드러내 말할 수 있다면, 저는 제가 불행하지 않다고 말하는 것임은 물론 모든 사람들 가운데 가장 행복하며, 신에 가까워졌다고 선언하는 격일 테니까요.

하지만 지금은 —— 모든 불행을 완화하는 데 이것으로 충분합니다. —— 현자들에게 저를 맡기고, 아직 스스로 자신을 도울 만한 힘을 갖추지 못했기에 다른 사람들의 진영으로, 저 자신과 가족을 쉽게 지킬 수 있는 사람들의 진영으로 몸을 의탁한 것입니다.

5.3 저 현자들은 저에게 이렇게 명했습니다. 보초를 서는 것처럼 굳건히 서서 운명의 모든 시도와 공격을 그것들이 덮치기 전부터 미리 예측하고 있으라. 불의의 습격을 당하는 자

들에게 운명은 무거운 것이지만, 늘 기다리는 자는 쉽게 견디는 법입니다. 사실 적이 출현할 때도 뜻밖의 공격을 받은 사람들은 패하지만, 싸움이 시작되기 전부터 전쟁을 대비한 사람들은 빈틈없이 무장하고 준비해 가장 맹렬한 첫 공격을 쉽게 견딥니다.

5.4 저는 설사 운명이 평화를 제공하는 것처럼 보인다 해도 결코 운명을 믿지 않았습니다. 운명이 저에게 자비롭기 그지없이 베푸는 모든 것들, 금전과 공직, 권력 같은 것들은, 아무 흔들림 없이 돌려줄 수 있는 곳에 두었습니다. 저는 이런 것들과 저 사이에 크게 거리를 두어 왔어요. 그러니 운명은 그것들을 빼앗은 것이 아니라 그저 가져갔을 뿐입니다. 불운은 행운에 속는 사람에게만 해를 끼치는 법입니다.

5.5 운명의 선물을 마치 자신의 영원한 소유물처럼 애착을 가진 사람들, 그런 것들로 남들에게 존경받기를 원하는 사람들은 그들의 헛된 마음, 지속적인 기쁨을 전혀 모르는 마음을 거짓되고 허망한 기쁨이 배신할 때 쓰러져 울게 됩니다.

하지만 행복한 일들로 우쭐하지 않는 사람은 운명이 태도를 바꾸어도 위축되지 않습니다. 이미 군건함을 시험받은 그는 어느 경우에도 굴하지 않는 정신을 계속 유지합니다. 그가 경험을 통해 행복할 때 불행을 이겨 내는 방법을 배웠기 때문입니다.

5.6 그래서 저는 모두가 가지고 싶어 하는 것들 가운데 정말 좋은 것은 전혀 없다고 생각해 왔습니다. 저는 그런 것들은 모두 허망하며, 화려한 화장을 통해 속이려 하지만 그 겉모습과 비슷한 것은 아무것도 안에 가지고 있지 않다는 걸 알았습니다.

또한 지금 사람들이 고난이라 부르는 것 가운데는 사람들이 멋대로 두려워할 정도로 무섭거나 가혹한 것은 없습니다. 분명 단어 자체는 신념과 일상적인 쓰임새 때문에 귀에는 섬뜩한 것으로 다가오고, 듣는 사람들에게는 슬프고 저주스러운 것으로 다가옵니다. 대중[112]이 그렇게 결의했기 때문이지만 현자들은 대중의 결의를 대부분 기각하지요.

6.1 그러니 첫인상으로 믿어 버리는 사람들의 판단은 내버려 두고, 우리는 추방이 무엇인지 생각해 봅시다. 우선은 장소를 바꾸는 것입니다. 의미를 축소해 그것의 나쁜 점들을 빼놓았다 생각하지 않도록 덧붙이자면, 장소를 바꾸면 가난과 불명예와 모욕 같은 불편한 것들이 따라오게 됩니다. 저것들에 대해서는 나중에 반론하도록 할게요. 먼저 장소를 바꾼다는 사실이 어떤 쓰라린 것들을 가져오는지 들여다보고 싶습니다.

6.2 "국가가 없는 건 견디기 어렵지." 그런데 보세요. 거대

한 도시의 집들로 수용할 수 없을 정도로 많은 사람들을 말입니다. 이들 무리는 대부분 국가가 없습니다. 그들은 자치시나 식민시 등 말하자면 세상 전체에서 모여든 사람들입니다.

어떤 이들은 야심에, 어떤 이들은 공무로, 어떤 이들은 사절의 임무를 띠고, 어떤 이들은 사치로 인해 범죄를 저지를 기회가 많고 풍요로운 장소를 찾아, 어떤 이들은 자유인의 학문을 원해서, 어떤 이들은 구경거리를 찾아서 왔습니다. 어떤 이들은 우정이, 어떤 이들은 능력을 과시할 기회를 만나려는 노력이 데려왔습니다. 누군가는 잘 팔리는 미모를 가져왔고, 누군가는 잘 팔리는 연설 능력을 가져왔습니다.

6. 3 모든 인간 족속이 능력에도 악덕에도 가치를 매기는 도시로 몰려듭니다. 저들의 이름을 불러 대답하게 하고, 각각에게 "집이 어디인가?"를 물어보세요. 대부분 태어난 곳을 떠나 가장 크고 아름다운 도시, 자신의 고향이 아닌 도시를 찾아온 사람들임을 알게 될 겁니다.

6. 4 다음으로 모두의 도시라 불리는 이 도시를 떠나 모든 도시를 다녀 보세요. 외부에서 온 많은 사람들이 큰 비중을 차지하지 않는 도시는 없습니다. 위치가 훌륭하거나 지리적으로 편리해 수많은 사람들을 끌어들이는 도시는 지나치세요. 인적 없는 마을과 황폐한 섬들, 스키아투스와 세리푸스, 귀아루스와 코수라[113]를 구석구석 살펴보세요. 모든 유배지라 불리는 땅

에는 자기 의지로 머무는 자가 반드시 있음을 아시게 될 겁니다.

6.5 이 바위섬[114]만큼 헐벗은 땅이, 바위가 많은 이 섬만큼 사방이 절벽인 땅이 있을까요? 자원을 볼 때 이보다 불모의 땅이 어디일까요? 사람을 볼 때 이보다 야만적인 땅이 어디일까요? 장소 자체만 볼 때 이런 황무지가 어디일까요? 기후를 볼 때 이보다 변덕스러운 기후는 어디 있나요? 그럼에도 불구하고 상당수 이방인들이 주민들만큼 머무르고 있습니다. 그러니 장소가 바뀌는 게 그다지 괴로운 일은 아닙니다. 이런 곳조차 사람들이 고향을 떠나 이주할 정도니까요.

6.6 저는 장소를 바꾸고 사는 곳을 옮기게 하는 어떤 본성적인 충동이 영혼에 있다고 말하는 사람들을 보기도 합니다. 인간에게는 활동적이고 가만히 머물지 않는 정신이 있다고요. 그래서 한곳에 머무르지 않고 여기저기 돌아다니며 아는 것이든 모르는 것이든 모두 생각하려 하고, 헤매면서도 쉬는 것을 견디지 못한 채 새로운 것들에서 즐거움을 찾아낸다는 거지요.

6.7 정신의 원래 기원을 생각하면 이 말이 이상하게 여겨지지 않습니다. 정신은 땅에 속하는 무거운 것으로 만들어지지 않고, 저 하늘로부터 나온 숨에서 내려왔습니다. 그런데 천상에 속하는 자연은 언제나 움직이며 도망치고 빠른 속도로 궤도를 달립니다.

세상을 비추는 별들을 보세요. 그중 어떤 것도 멈추지 않습니다. 태양은 끊임없이 미끄러지면서 여기서 저기로 움직이고, 우주와 함께 회전하기는 해도 하늘과는 반대로 움직이며,[115] 별자리들[116] 전부를 돌면서 결코 멈추지 않습니다. 그 움직임은 영원하며 한곳에서 다른 곳으로 위치를 바꿉니다.

6.8 모든 것은 늘 돌고 있고 위치를 옮기는 법입니다.[117] 자연의 법칙과 필연이 정한 대로 한곳에서 다른 곳으로 위치를 바꾸며 움직이지요. 한 해의 정해진 주기에 따라 자신의 궤도를 한 바퀴 돌고 나면 다시 원래 온 길을 따라 갑니다.

그러니 이제 생각해 보세요. 신의 본성은 지속적으로 빠르게 변화하는 가운데 즐거워하거나 스스로를 보존하는데, 그 신적인 것들과 같은 요소로 이루어진 인간의 정신이 이동이나 이주를 고생이라 여기겠어요?

7.1 하늘의 것들에서 인간의 일들로 눈을 돌려 보세요. 민족들과 사람들 전부가 자리를 바꾸고 있음을 알 것입니다. 야만인들이 사는 지역 한복판에 왜 희랍의 도시들이 있을까요? 인도와 페르시아 사람들 사이에서 왜 마케도니아 말[118]이 쓰이는 걸까요?

스퀴티아와 같은 거칠고 길들지 않은 종족들의 영역에서는 흑해의 기슭을 따라 만들어진 아카이아의 도시들을 찾을 수 있습니다. 1년 내내 계속되는 겨울이나 그 기후를 닮은 그곳 사람들의 성향도 거주지를 바꾸려는 사람을 막지 못합니다.

7. 2 아시아에는 많은 아테나이인들이 있습니다. 밀레토스는 일흔다섯 개 도시의 사람들을 사방으로 보냈습니다. 바다가 물결치는 이탈리아 연안 전체는 옛날 대(大)그리스였습니다. 아시아는 투스키인[119]들이 자신들과 관련되어 있다고 합니다. 튀리아 사람들은 아프리카에, 히스파니아에는 페니키아 사람들이 살고 있습니다.

희랍인들은 갈리아로 사람들을 보냈고, 갈리아인들은 희랍으로 사람들을 보냈습니다. 퓌레네산맥이 게르마니아인들의 이동을 막을 수 없었습니다. ─ 길이 없는 곳, 알려지지 않은 곳으로 움직이게 한 것은 인간의 가벼움입니다.

7. 3 그들은 자식들과 아내와 나이 들어 몸이 무거운 부모와 함께 움직였습니다. 어떤 이들은 오랜 방랑으로 피곤에 지친 나머지 신중하게 고려하여 장소를 선택하는 것이 아니라 거리상 가까운 곳을 차지했으며, 어떤 이들은 남의 땅에서 무기로 자신들의 권리를 행사하기도 했습니다. 알려지지 않은 땅을 찾던 어떤 민족들을 바다가 휩쓸어 버리기도 했고, 어떤 부족은 물자가 떨어져 그냥 주저앉은 경우도 있습니다.

7. 4 모든 이들이 같은 이유로 고향을 떠나 새로운 곳을 찾아가는 것은 아닙니다. 어떤 사람들은 적의 무기로 파괴된 조

국을 떠나 타국으로 쫓겨 갔으며, 어떤 사람들은 내분으로 인해 추방되었습니다.

어떤 사람들은 인구가 지나치게 많다는 이유로 이주당했고, 어떤 사람들은 전염병이나 지진이 자주 일어나, 혹은 땅에 나타난 불행한 결함으로 떠날 수밖에 없었습니다. 어떤 사람들은 비옥하고 풍요로운 땅이라는 소문에 사로잡히기도 했습니다.

7.5 각자가 제각각의 이유로 고향을 떠난 것입니다. 하나 분명한 것은 자신이 태어난 장소에 그대로 머무르는 사람은 없다는 것입니다. 인간은 끊임없이 이동합니다. 이렇게 넓은 세상에서 매일같이 어떤 변화가 일어납니다. 새로운 도시의 기초가 다져지고, 이전 민족의 이름이 사라지거나 더 강한 민족에게 흡수되고, 새로운 민족의 이름이 생겨납니다. 그런데 이런 민족의 이주가 공공연한 추방과 다를까요?

7.6 제가 어머니를 왜 이처럼 길게 돌아오게 한 것일까요?[120] 파타비아를 건설한 안테노르, 티베르강 기슭에 아르카디아 왕국을 건설한 에우안드로스 이야기를 할 이유가 있을까요? 트로이아 전쟁으로 승자든 패자든 가리지 않고 낯선 땅에 흩어지게 된 디오메데스와 다른 사람들을 언급할 필요 있겠습니까?

7.7 사실 제국 로마의 기원도 조국이 정복당한 후 위급

함과 정복자에 대한 두려움으로 인해 살아남은 몇몇 사람들을 데리고 도망쳐 이탈리아에 다다른 한 사람의 유랑자[121]입니다. 그 이후 이들은 얼마나 많은 식민시를 모든 속주에 건설했습니까. 로마인이 승리하는 땅이라면 어디든 로마인들이 살고 있습니다. 이처럼 거주지가 바뀔 때마다, 사람들은 스스로 이름을 올렸으며, 노인조차 자신의 사당을 버리고 바다 건너 이민자들을 따랐습니다.

7. 8 이 얘기에 더 이상 예를 들 필요가 없습니다만, 눈에 들어오는 일 하나만 덧붙이겠습니다. 이 섬도 지금껏 사람들이 자주 바뀌었습니다. 세월이 지나 기억이 흐릿해진 옛날은 제쳐두더라도, 지금 마살리아에 사는 희랍인들은 포키스[122]를 떠나 왔습니다.

그들은 먼저 이곳 코르시카섬에 정착했는데 혹독한 기후 탓인지, 위용을 자랑하는 이탈리아를 보아서인지, 아니면 바다에 항구를 만들기 쉽지 않아서인지, 그들은 이 섬을 떠났습니다. 주민들이 흉포하기 때문은 아닌 것이 분명합니다. 이후 그들이 가장 흉악하고 야만적이었던 갈리아 민족 가운데 자리 잡았기 때문이지요.

7. 9 이어서 리구리아[123]인들이 들어왔으며, 히스파니아인들도 이곳에 왔습니다. 이는 제사의 유사성을 봤을 때 분명합니다. 이들은 칸타브리아[124]인들과 같은 모자를 쓰고, 같은 신

발을 신으며, 어떤 어휘는 비슷합니다. 아마도 희랍인들과 리구아리아인들과의 교류를 통해 전체적인 말이 모국어와 달라졌기 때문인 것으로 보입니다. 다음으로 로마 시민들의 식민시 두 개가 하나는 마리우스에 의해, 하나는 술라에 의해 세워졌습니다.[125] 이처럼 메마르고 가시덤불로 덮인 바위섬의 사람들은 그토록 자주 바뀌었습니다.

7. 10 그러니 어디든 원래 주민들이 계속 사는 곳은 거의 없음을 알 수 있습니다. 모든 것들이 뒤섞이고 밖으로부터 유입됩니다. 한쪽이 다른 쪽을 대신했습니다. 한쪽이 혐오하는 것을 다른 쪽이 간절히 원했습니다. 쫓아낸 곳의 그는 쫓겨납니다. 그것이 운명의 맘에 들었으니, 어떤 일의 운명도 늘 같은 곳에 머물러 있지 않습니다.

8. 1 추방에 따르는 다른 불편함들은 제쳐두고, 거주지의 변화 자체에 대해 로마인들 가운데 가장 박식한 사람인 바로[126]는 우리가 어디에 가든 함께 살아갈 자연은 같다는 사실을 충분한 처방으로 제시한 바 있습니다. 마르쿠스 브루투스는 유배지로 가더라도 각자 자신의 덕을 가져가면 그것으로 충분하다고 생각했습니다.[127]

8. 2 이 두 가지 생각 각각은 추방을 위로하는 데 충분하지 않을 것입니다. 하지만 이 두 가지가 함께 어울리면 무엇보다

강력한 효과를 발휘합니다. 실제로 우리가 잃는 것은 얼마나 적은지요! 우리가 어디로 움직이든 가장 아름다운 두 가지, 공통된 자연과 개인의 덕은 항상 따라다니게 마련입니다.

8.3 저를 믿으세요. 우주를 창조한 이가 누구든 그가 한 일입니다. 전능한 신이든, 위대한 작업을 수행한 비물질적인 이성이든, 바뀔 수 없는 인과로 얽힌 사슬 같은 운명이든 이 창조자[128]는 가장 사소한 것들만 남의 손에 지배받도록 정해 두었습니다.

8.4 인간에게 가장 중요한 것은 인간의 힘이 미치지 않는 곳에 있으며, 인간은 그것을 내주거나 빼앗을 수 없습니다. 이 세상은 자연이 창조한 그 어떤 것보다 위대하고 아름답지요. 그리고 이 세계의 관조자이며 찬미자인 영혼은 세상의 가장 위대한 부분으로, 우리에게 고유한 것이고 우리가 존재하는 한 계속해서 우리와 함께 머무를 것입니다.

8.5 그러니 세상일이 데려가는 곳이라면, 그곳이 어디든 두려움 없이 활기차고 당당하게 걸어갑시다. 어떤 땅이든 가로지릅시다. 세상 안에서 유배지라 할 곳은 없습니다. 세상 안에 있는 것은 어떤 것도 인간에게 낯설지 않기 때문입니다. 지상 어디로부터 하늘을 향해 얼굴을 들어도, 모든 신성한 것들은 모든 인간적인 것들과 같은 거리만큼 떨어져 있습니다.

8.6 따라서 저의 이 눈이 싫증을 내지 않는 그 장관에서

벗어나지 않는 한, 태양과 달을 바라보고 그 밖의 별들을 주시할 수 있는 한, 그런 별들의 뜨고 지는 주기, 때로는 빠르게 때로는 느리게 움직이는 이유를 탐구하는 것이 허락되는 한, 또 밤에 반짝이는 별들, ─ 움직이지 않는 것들도 있고, 멀리 벗어나지 않고 자신의 궤도를 지키는 것들[129]도 있으며, 눈부신 불길을 뿜으며 떨어지듯 스치는, 또는 빛으로 가득한 긴 꼬리를 끌며 지나가는 ─ 그런 별들을 관찰할 수 있는 한, 제가 이런 별들과 함께하며 인간에게 허락되는 범위에서 이런 천상의 것들과 소통할 수 있는 한, 그리고 자신과 뿌리가 같은 천상의 것들을 바라볼 수 있도록 영혼을 늘 숭고하게 유지하는 한, 제가 어떤 땅을 밟고 있는지야 무슨 상관이겠습니까?

9. 1 "하지만 이 땅에는 과실이 매달리는 나무나 그늘을 드리워 즐거움을 주는 나무가 없다. 크거나 배가 다닐 만한 강이 흐르지 않는다. 다른 민족들이 구하는 것들은 아무것도 생산되지 않고, 땅이 기름지지 못해 주민들을 먹여 살리지 못한다. 값비싼 돌이 생산되지도, 금이나 은의 광맥이 발견되지도 않는다."

9. 2 지상의 것들에 기뻐하는 영혼은 시야가 좁은 것입니다. 영혼은 그런 것들을 떠나 어디서나 한결같이 나타나며, 어디서나 한결같이 빛나는 것들을 향해야 합니다. 그리고 지상

의 것들은 거짓되고 왜곡된 믿음으로 인해 진정 선한 것들에 이르지 못한다는 사실도 생각해야 합니다. 주랑을 길게 늘일수록, 첨탑을 높이 세울수록, 주택을 크게 넓힐수록, 여름의 동굴[130]을 깊이 팔수록, 연회장 지붕을 장엄하게 올릴수록, 그만큼 하늘을 가리는 것들이 많아집니다.

9.3 우연히 가장 호화로운 거처라고는 허름한 움막인 지역으로 쫓겨났다 해 봅시다. 로물루스의 집[131]을 알고 있기에 그 상황을 의연히 견딘다 해도, 그는 참으로 유치하고 천박한 방식으로 스스로를 위로하는 영혼의 소유자입니다.

차라리 이렇게 말하는 것이 낫습니다. "그런 허름한 집이 바로 덕을 받아들이는 곳이겠지? 이제 어느 신전보다 아름다운 곳이 될 거야. 거기서 정의를 볼 수 있다면, 절제와 분별력과 충성심과 모든 의무를 올바르게 처리하는 합리성을, 인간과 관련된 것과 신과 관련된 것들에 대한 지식을 본다면 말이지. 이처럼 많은 위대한 덕들을 가진 곳은 좁을 수가 없어. 이런 덕과 함께 가도록 허락된 곳은 어떤 추방도 무겁지 않은 법이지."

9.4 브루투스는 덕에 대해 저술했던 그의 책에서 이렇게 말합니다. 뮈틸레네에서 추방 생활을 하던 마르켈루스[132]를 보았는데 그는 인간에게 주어진 본성이 허락하는 한 더없이 행복하게 살고 있었으며, 그때만큼 자유인의 학문에 대한 의욕

이 넘쳤던 적은 없었다고 말이지요. 그래서 브루투스가 덧붙이기를, 마르켈루스를 추방지에 버려두고 떠나는 것이 아니라 자신이 추방지로 떠나는 것 같았다더군요.

9·5 아, 마르켈루스는 얼마나 행복했을까요. 그가 추방 생활을 하던 그때, 국가가 그를 집정관에 임명했을 때보다 더 행복했다고 브루투스가 인정한 마르켈루스 말입니다. 추방자를 떠난다는 이유로 스스로 추방자라 여겨질 정도인 그는 얼마나 대단한 사내입니까. 그의 친척인 카토[133]까지 놀라워했던 인물을 탄복시킬 정도였으니 얼마나 대단한 사내인가요.

9·6 브루투스는 이런 말도 했습니다. 가이우스 카이사르가 그 뛰어난 인물이 모욕을 견디는 모습을 볼 수 없어서 뮈틸레네를 들르지 않고 지나갔다고요. 실제로 원로원이 공식적인 청원을 통해 그에게 귀향을 요청했는데, 그날 원로원 의원 모두 브루투스와 같은 심정으로 여겨질 정도로 우려와 걱정을 했지요. 그러다 보니 자신들이 추방자가 되지 않을까 싶어 마르켈루스가 아니라 자신들을 위해 그가 귀환하기를 간청했다고 합니다.

하지만 브루투스가 추방자인 그를 두고 갈 수 없었고, 카이사르가 차마 못 보던 그날 마르켈루스는 훨씬 더 많은 것을 얻었습니다. 두 사람 모두의 증언을 얻었기 때문이지요. 브루투스는 마르켈루스 없이 귀국하는 것을 고통스러워했고, 카이사르는 부끄러워했습니다.

9.7 그가 추방 생활을 평정한 마음으로 견디기 위해 종종 스스로 이렇게 격려했음을 의심할 수 있을까요? "조국을 떠난 것은 불행이 아니다. 현자에게는 모든 곳이 조국임을 알고 있을 만큼 너는 학문에 전념하지 않았나. 너를 추방한 이자도 10년 동안 조국을 떠나 있지 않았느냐.[134] 의심할 바 없이 패권의 확대가 이유였지만 조국을 떠난 것은 사실이다.

9.8 자, 이제 전쟁을 다시 일으키려는 위협으로 가득 찬 아프리카가, 깨지고 분쇄된 당파를 회복하려는 히스파니아가 끌어당기고, 배신자[135] 이집트가 그를 끌어당기는 등 패권을 깨부술 기회를 노리는 세상 전체가 그를 끌어당기고 있다. 그러면 먼저 어떤 문제에 대처할까? 어느 쪽에 맞설까? 그의 승리가 그를 세상 모든 곳으로 이끌 것이다. 모든 민족이 그를 추앙하고 공경하게 하라. 너는 칭송자인 브루투스에 만족하며 살아라."

10.1 마르켈루스는 추방 생활을 훌륭하게 견뎠고, 가난이 뒤따라오기는 했지만 거주지의 변화가 그의 영혼에 아무것도 바꾸지 못했습니다. 가난에는 아무런 악이 들어 있지 않음은 모든 것을 위협하는 탐욕과 사치와 광기를 겪지 않은 사람들도 누구나 알고 있습니다. 실로 사람을 먹여 살리는 데 필수적

인 것은 얼마나 적은가요! 어느 덕이든 가지고 있는 사람에게 그 정도가 없겠습니까?

10. 2 저에 관해서라면, 제가 잃은 것은 재산이 아니라 바쁜 일입니다. 몸이 필요로 하는 것은 얼마 되지 않아요. 추위를 막고 먹을 것으로 굶주림과 목마름을 달래는 것을 몸이 원하며, 그 이상의 욕망을 갖는다면 무엇이든 몸은 필요가 아니라 결함으로 인해 고생하겠지요. 모든 바다를 다 살펴볼 필요는 없으며, 동물을 잡아 위를 채우거나 저 먼 바다 이름 모를 해안에서 조개를 채취하는 것도 필요 없지요. 신들과 여신들은 질시받는 제국의 경계를 건널 만큼 사치스러운 자들을 벌하시기를!

10. 3 그들은 파시스강[136] 건너에서 야심으로 가득 찬 식탁에 곁들일 것들을 잡아 오기 원하며, 우리가 아직 보복하지 않은[137] 파르티아인들로부터 새들을 구하는 것을 부끄러워하지 않습니다. 그들은 세상 곳곳에서 모든 것들을 사들여 평범한 것에 질린 목구멍의 욕구를 채우려 합니다. 미식에 지쳐 위가 받아들이지도 못하는데 바다 끝에서 실어 옵니다. 이들은 먹으려 토하고 토하려 먹으며, 온 세상에서 구해 온 음식들을 소화할 가치도 없는 것으로 생각합니다.

누군가 저런 것들을 경멸한다면, 그에게 가난이 무슨 해를 끼치겠어요? 혹여 간절히 그런 것들을 원하는 사람이 있다면 그에게는 가난이 이익입니다. 원치 않아도 사치스러운 마음이 치유되고 강제로 치료약을 먹지 않아도 사치를 할 수 없는 한 사치를 원하지 않는 사람과 비슷하기 때문입니다.

10. 4 가이우스 카이사르[138]는 최고의 행운 속에서 최대의 악덕이 무엇을 할 수 있는지를 보여 주려 자연이 세상에 내놓은 자라 생각합니다. 하루 만에 1000만 세스테르티우스짜리 저녁 식사를 했지요. 그리고 모든 사람들의 재능을 빌렸으면서 세 속주로부터 거둔 조세를 단 한 번의 만찬에 어떻게 쓰면 좋을지도 찾지 못했습니다.

10. 5 아 불행한 자들이여, 그들의 미각은 사치스러운 음식이 아니면 자극받지 않는구나. 그런데 사치스러운 음식은 특별히 좋은 맛이거나 목구멍을 달콤하게 넘기는 것이 아니라, 희소하고 구하기 힘든 것입니다.

혹여 제정신으로 돌아갈 마음이 그들에게 있다 해도 위장에 시중을 드는 그 많은 행위들은 왜 필요할까요? 왜 상업이 필요하며, 왜 숲을 파헤치며, 왜 깊은 바다를 탐색하지 않으면 안 될까요? 자연이 사방에 배치한 먹을거리들이 곳곳에 넘쳐납니다. 하지만 그들은 맹인처럼 이것들을 보지 못한 채 모든 지역을 헤매고 돌아다닙니다. 바다를 건너, 적은 비용으로 굶주림을 달랠 수 있으면서도 막대한 비용으로 배고픔을 자극합니다.

10. 6 이렇게 말하고 싶습니다. "왜 배에서 내리는 건가요? 왜 무기를 손에 들고 짐승과 인간을 겨누나요? 왜 그렇게 소란 스럽게 우왕좌왕하나요? 왜 부유함 위에 부유함을 쌓으려 하나요? 당신들의 몸이 얼마나 작은지는 생각하지 않나요? 그렇게 작은 몸으로 그처럼 많은 것을 원한다면 광기에 정신 나간 짓 아닐까요?

그러니 아무리 재산을 늘리고 땅의 경계를 넓힌다 해도 당신들 몸이 확장되지는 않습니다. 장사가 번창하든, 전쟁에서 많은 것을 얻어 내든, 곳곳에서 찾아낸 음식물이 모이든, 당신 몸에는 그 물자들을 쌓아 둘 곳이 없습니다.

10. 7 왜 그처럼 많은 것들을 구하나요? 분명 그 덕이, 지금도 우리 시대 악덕을 막아 내고 있는 우리의 조상들은 불행 했겠네요. 자신의 손으로 음식을 마련하고, 바닥이 곧 잠자리 였고, 집 천장은 금으로 빛나지 않았고, 그들의 신전은 보석으로 번쩍거리지 않았으니까요. 그래서 그때는 흙으로 빚은 신상에 엄숙히 맹세하고, 신들을 부르며 맹세한 사람들은 그 맹세를 거짓되게 하지 않으려 죽을 줄 알면서도 적에게 돌아갔습니다.[139]

10. 8 분명 우리의 독재관[140]은 불행하게 살았던 겁니다. 그는 삼니움 사절들의 이야기를 들으면서, 이미 여러 번 적들을 물리치고 카피톨리움의 유피테르 상 앞에 월계수 가지를

바친 자신의 손으로 불 앞에서 싸구려 음식을 저었으니 말입니다. 그는 아피키우스보다 불행하게 산 것입니다.

아피키우스[141]는 얼마 전 살았던 인물로 한때 철학자들이 청년들을 타락시킨다는 구실로 추방하던 때에 스스로 미식에 대한 공부를 주장하며 자신의 가르침으로 시대를 감염시키던 자입니다." 이자의 마지막을 알아 두는 것도 의미 있습니다.

10. 9 아피키우스는 1억 세스테르티우스의 돈을 부엌에 뿌린 후, 그러니까 황제가 내린 하사금의 몇 배가 되는 돈, 카피톨리움 국고에 들어오는 막대한 금액을 먹고 마시는 데 탕진한 후 부채에 시달리다 어쩔 수 없이 자신의 장부를 보았습니다. 자신에게 1000만 세스테르티우스가 남은 걸 계산하고는 그 돈으로 산다는 게 엄청난 기아 속에 살아가는 것처럼 생각되어 독을 마시고 목숨을 끊었습니다.

10. 10 1000만 세스테르티우스가 가난이라니 얼마나 사치스러운가요. 자, 생각해 보세요. 돈의 액수가 중요할 뿐 영혼은 상관없었던 것이지요. 누군가는 1000만 세스테르디우스가 두려운 나머지 다른 이들이 간절히 구하는 것에서 독을 마시고 도망친 겁니다.

정말이지 저렇게 비뚤어진 정신을 가진 사람에게는 마지막 한 모금이 가장 건전한 음식이었지요. 그가 성대한 만찬을 즐기고 떠벌릴 때, 그 악덕을 보란 듯이 과시하며 나쁜 본보기가 아니라도 무엇에든 감화되기 쉬운 청년들을 꼬드겨 자신을 모방하라 부추길 때, 이미 그는 독을 마시고 있었던 겁니다.

10. 11 이런 결과를 가져오는 것은, 일정한 한도를 정하는 이성에 부를 맞추는 것이 아니라 끝없이 과도한 자의성에 따르는 사람들입니다. 욕구에는 충분함이 없으나 자연에는 작은 것만으로도 충분합니다. 그러니 가난은 추방자들에게 어떤 고통도 주지 않습니다. 한 사람을 충분히 먹여 살리지 못할 만큼 가난한 추방지는 세상 어디에도 없습니다.

11. 1 "하지만 추방자는 옷과 집을 필요로 할 것이다." 추방자는 사용할 곳이 있을 때에만 옷과 집을 필요로 할 것입니다. 그는 집이 없는 것도 옷이 없는 것도 아닙니다. 몸은 먹을 것을 필요로 할 때와 마찬가지로 얼마 안 되는 것들로도 가려지니까요. 자연이 필수적으로 만든 것은 힘들여 얻을 것이 없습니다.

11. 2 하지만 사람들은 많은 조개에서 염료를 채취해 물을 들이고 황금 실을 넣어 다양한 색깔과 기술로 무늬를 장식한 보랏빛 옷을 원합니다. 그런 자는 운명의 잘못이 아니라 스스로의 잘못으로 인해 가난한 것입니다. 심지어 그가 잃은 것을 모두 돌려준다 해도 아무 소용 없습니다. 돌려받았다 해도 욕망으로 인해 추방자 신세였을 때보다 더 많은 부족함을 느낄 테니까요.

11. 3 그러나 인간은 황금으로 빛나는 그릇들과 옛날 장인들의 이름으로 유명한 은식기, 몇몇의 광기로 비싸게 팔리는 청동기와 아무리 큰 집이라도 좁게 느껴지는 많은 하인들, 먹이를 쑤셔 넣어 억지로 살찌운 가축과 세계 곳곳의 대리석을 원합니다. 이런 것들을 아무리 수집한들 만족할 줄 모르는 영혼을 채울 수는 없지요. 그 욕구가 수분 부족 때문이 아니라 타는 듯한 내장의 열이 원인인 사람처럼 말입니다. 그의 갈증을 채우려면 아무리 많은 수분으로도 부족할 것입니다. 그건 갈증이 아니라 병이기 때문입니다.

11. 4 이런 일이 비단 돈이나 음식에서만 생기는 것은 아닙니다. 부족해서가 아니라 결함으로 인해 생기는 욕구는 그 본성이 모두 같습니다. 그런 인간을 위해서는 무엇이든 아무리 높이 쌓아 올려도 그것으로 욕망이 끝나지 않고 그저 한 단계 거친 것뿐입니다.

자연이 정한 한도 안에서 자신을 억제하는 사람은 가난을 느끼지 않습니다. 하지만 자연의 한도를 넘어서는 자는 부유함이 아무리 커도 가난이 따라다닐 것입니다.[142] 추방지라 해도 필요한 것은 채워 주지만, 왕국이라 해도 불필요한 것을 채울 수는 없는 법입니다.

11. 5 사람을 부자로 만드는 것은 영혼입니다. 영혼은 추방지에 따라가 혹독하기 짝이 없는 황무지에서도 몸을 지탱하

기 충분한 것들을 찾아내며, 그 자체가 스스로의 좋은 것으로 넘쳐나 그것을 즐깁니다. 돈은 영혼과 상관없으며, 이는 불사의 신들과 관계없는 것과 마찬가지입니다.

11. 6 지나치게 몸에 집착하는 어리석은 마음이 떠받드는 것들, 대리석이나 금과 은, 크고 빛나는 원탁 등은 모두 땅에 속합니다. 따라서 자신의 본성을 잊지 않는 건강한 영혼, 즉 그 자체는 가볍고 무거운 짐을 지지 않으며, 몸에서 벗어나면 빠르게 하늘로 날아오르는 영혼은 땅에 속하는 것들을 사랑할 수 없습니다. 다만 몸에서 해방되기 전이라도 몸의 방해와 스스로를 둘러싼 무거운 짐들과 싸우며, 가능한 한 하늘로 날아오를 만큼 빠른 생각으로 신적인 것들을 두루 살핍니다.

11. 7 따라서 자유롭고 신들과 뿌리가 같으며, 모든 세상에 모든 시간 동안 머무른 영혼은 결코 추방당하지 않습니다. 영혼의 사고는 하늘 전체를 돌아보며 과거와 미래의 모든 시간으로 끼어들기 때문입니다.

영혼의 감옥이며 구속인 이 몸뚱이는 이쪽저쪽 던져지는 놀잇감이 됩니다. 형벌이 가해지는 것도, 강탈이 해를 끼치는 것도 질병이 해를 끼치는 것도 몸입니다. 영혼은 신성하고 영원하며, 어느 누구도 손을 대며[143] 자기의 소유물이라 말할 수 없습니다.

12. 1 가난은 힘겹다고 생각하는 사람들에게만 힘겹습니다. 어머니, 제가 가난의 불편함을 가볍게 하려고 현자들의 가르침을 그만큼 사용하고 있다고 생각하지 마세요. 그러니 먼저 가난한 사람들이 어느 정도의 비율을 차지하고 있는지 보세요.

그러면 그들이 부유한 사람들과 전혀 다를 바가 없으며, 슬픔에 빠진 것도 아니고 불안해하지도 않는다는 걸 깨닫게 되실 거예요. 오히려 그들의 영혼을 괴롭히는 것들이 적을수록 더 행복하지 않을까요.

12. 2 가난한 사람들 얘기는 건너뛰고 부유한 사람들로 가 봅시다. 그들이 가난한 사람들과 비슷할 때가 얼마나 많은지요! 여행 중 큰 짐이 필요 없을 때는 줄이고, 길을 서둘러야 한다면 함께 가던 이들을 돌려보냅니다. 병역을 치르면서 군율에 따라 모든 사치품을 다 제거해야 할 때, 병사들은 자신의 것을 얼마나 가지게 될까요!

12. 3 시간직인 상황이나 장소의 부족힘만이 부자들을 가난한 사람들과 같은 존재로 만드는 것은 아닙니다. 부유함에 대해 싫증이 나면 그들은 며칠간 바닥에 앉아 금 식기나 은 식기를 치우고 질그릇을 사용합니다.[144] 정신 나간 자들! 그렇게 그들은 때때로 원하기도 하는 것을 두려워합니다. 아, 얼마나 큰 정신의 깊은 어둠이, 진실에 관해 얼마나 큰 무지가 그들을

훈련시킨 건가요? 쾌락 때문에 가난을 흉내 내다니!

12. 4 실제로 저 자신의 예전 예를 돌아볼 때마다 추방자가 가지고 가는 여비가 한때 나라의 지도자들이 상속한 재산보다 많은 지금, 최근 너무 타락하고 사치스러운 모습을 생각하면, 가난의 위로를 써먹는 것이 부끄럽습니다.

호메로스에게는 노예가 한 명, 플라톤에게는 세 명, 그리고 엄격하고 남성적인 스토아 철학의 창시자인 제논에게는 노예가 없었다는 사실에 모두가 동의합니다. 그러니 그 누가 그래서 그들의 삶이 불행했다 할까요? 그렇게 말하는 자신이 모두에게 가장 비참하게 보일 것입니다.

12. 5 메네니우스 아그리파[145]는 귀족과 평민들 사이에서 공공의 안녕을 중재한 사람으로 그의 장례 비용은 여럿이 나누어 냈습니다. 아틸리우스 레굴루스[146]는 아프리카에서 카르타고를 불태울 당시[147] 원로원에 편지를 보내 고용인이 떠나는 바람에 농장이 방치되었다고 전하자, 원로원은 그가 없는 동안 그 농장을 공금으로 관리하기로 결의했습니다. 노예를 두지 않았다는 것이 로마 시민이 소작인이 되어 줄 만큼 대단한 일이었을까요?

12. 6 스키피오의 딸들[148]은 아버지가 유산을 남기지 않았으므로 국고로 지참금을 받았습니다. 카르타고로부터 항상 공물을 받으니, 맹세컨대 로마 인민이 스키피오에게 공물을 한

번 바치는 것도 공정한 일입니다. 아, 행복한 남편들이여, 로마 인민을 장인으로 두었구나.

무희인 딸들을 100만 세스테르티우스의 지참금을 딸려 결혼시킨 부모들이, 원로원을 후견으로 두어 무거운 동전[149]으로 지참금을 받은 자식들이 있는 스키피오보다 더 행복하다고 생각하세요?

12. 7 이토록 빛나는 조상의 밀랍 두상[150]이 있는 사람들의 가난을 누가 경멸할까요? 스키피오에게는 지참금이, 레굴루스에게는 고용인이, 메네니우스에게는 장례비가 없었지만 이들 모두 부족함을 더 큰 명예로 보상받았는데, 추방자가 무언가 부족함이 있다고 불평하겠어요? 그러니 이처럼 훌륭한 변호인들 덕에 가난은 안전할 뿐 아니라 감사하기도 합니다.

13. 1 이렇게 대답하실 수 있겠네요. "하나하나는 견딜 수 있으나, 합쳐 놓으면 견디기 힘든 것들을 왜 일부러 쪼개느냐? 사는 곳을 바꾸는 것이 그저 장소를 바꾸는 것이라면 견딜 만하다. 가난은 그 하나로 마음을 짓누르는 불명예가 함께하지 않는다면 견딜 수 있다."

13. 2 누구든 고난 덩어리를 가져와 위협하는 자에게는 이렇게 답변할 것입니다. "운명의 일부에 대항할 힘이 충분하다면 모두에 대항할 힘도 있습니다. 덕이 일단 영혼을 단단하게

만들어 주면 어디서든 상처 입지 않게 됩니다.[151]

인류를 공격하는 가장 강력한 역병인 탐욕에서 벗어나면 야심이 당신을 방해하지 않을 겁니다. 삶의 마지막 날을 처벌이 아니라 자연의 법칙으로 보고 죽음의 두려움을 마음에서 몰아낸다면, 다른 어떤 것에 대한 두려움도 침입하지 않을 겁니다.

13. 3 욕망이 쾌락을 위해서가 아니라 인류의 번영을 위해 주어진 것으로 생각하면, 몸속 깊이 숨어 뿌리내린 이 멸망에 당하지 않는 자는 그 어떤 욕망도 그를 건드리지 않고 지나갈 겁니다. 이성은 악을 따로따로가 아니라 모두 똑같이 쓸어 버립니다. 전체를 한 번에 이기는 것이지요."

13. 4 현자는 모든 것을 자기 안에 쌓아 사람들의 예단에서 멀리 떨어져 있는 사람인데, 이 중 누군가 불명예로 인해 흔들릴 거라 생각하시나요? 심지어 불명예보다 더한 것이 불명예스러운 죽음입니다.

하지만 소크라테스는 언젠가 혼자 서른 명의 참주들을 차례로 꾸짖었던 때[152]와 같은 표정으로 감옥에 들어갔을 때, 감옥 자체가 갖는 불명예를 떼어 냈습니다. 소크라테스가 있었던 곳은 감옥일 수가 없었으니까요.

13. 5 법무관과 집정관 선거에서 두 번 떨어진 것[153]이 마르쿠스 카토에게 불명예였다고 생각하는 사람이 있을까요? 진

실을 보는 눈이 없는 것이지요. 오히려 불명예는 카토로부터 명예를 얻었던 법무관직과 집정관직에 있었습니다.

13.6 자신이 먼저 스스로를 업신여길 때 남들로부터 멸시 당하는 법입니다. 저런 모욕에 흔들리는 것은 천하고 비굴한 영혼일 뿐이지요. 하지만 너무도 가혹한 운명에 맞서 초연하고, 보통 사람이라면 굴복할 불행을 극복하는 사람은 그 불행을 곧 자신의 성스러운 머리띠[154]로 생각합니다. 불행하면서도 용감한 사람만큼 우리에게 크게 칭송받을 만한 사람은 없으며, 우리는 그런 사람에게 감동하게 됩니다.

13.7 아테나이에서 아리스티데스[155]가 처형을 당하게 되었을 때 그를 만난 사람은 누구든 눈을 깔며 한탄했습니다. 그저 단순하게 정의로운 사람이 처형되는 것이 아니라 정의 그 자체가 처형되는 것으로 여겨졌기 때문입니다.

그런데 그의 얼굴에 침을 뱉는 한 사람이 있었습니다. 입이 깨끗하다면 어느 누구도 그런 짓을 하지 않을 테니 아리스티데스가 불쾌하게 여길 수도 있었습니다. 하지만 그는 얼굴을 닦고는 미소를 지으며 옆에 있던 관리에게 이렇게 말했지요. "앞으로는 그처럼 흉하게 입을 벌리지 말라고 경고해 주시오." 모욕을 모욕으로 돌려준 것이지요.

13.8 저는 어떤 사람들은 모욕만큼 괴로운 것이 없으며, 모욕을 당한 사람은 차라리 죽는 것이 낫다고 생각한다는 것

을 알고 있습니다. 이들에게 이렇게 대답하겠습니다. 추방에
는 모욕이 따르지 않는 경우가 많다고 말이에요. 위대한 사람
이 쓰러져 위대하게 누웠을 때 그를 경멸하는 건, 성스러운 신
전이 멀쩡히 서 있을 때 경배를 드리다 무너졌다 해서 짓밟을
수 없는 것만큼이나 불가능한 일이랍니다.

14. 1 사랑하는 어머니, 그러니 저 때문에 끝없이 눈물 흘
리실 이유가 없어요. 어머니 눈에 눈물이 흐르는 것은 어머니
자신 때문입니다. 두 가지 이유가 있어요. 어머니의 마음이 흔
들리는 것은 일종의 수호자를 잃어버렸다고 느끼시거나, 스스
로 그리움을 견딜 수 없기 때문입니다.

14. 2 첫 번째는 가볍게 지나갈 일이네요. 어머니 마음이
가족 말고 가족이 가진 다른 것들을 사랑하는, 그런 분이 아니
라는 것을 아니까요. 여기에 대해서는 여성 특유의 부족한 자
제심으로 인해 자식들의 권력을 이용하는 어머니들, 여자는
공직에 오를 수 없으니 자식을 이용해 야심을 품는 어머니들,
아들의 유산을 탕진하거나 가로채는 어머니들, 자식의 연설
능력을 남들을 위해 이용하며 소진시키는 어머니들에게 보라
하세요.

14. 3 어머니는 자식들이 가진 재능을 누구보다 기뻐하셨
지만 이용하지 않으셨지요. 저희가 어머니께 베푸는 마음은

자제시키시면서 어머니는 저희에게 아낌없이 베푸셨습니다. 어머니는 한 집안의 딸[156]이면서도 유복한 자식들을 위해 도움을 주셨습니다. 저희의 유산을 관리하면서 당신의 것을 관리하듯 심혈을 기울이고, 남의 것인 양 절대 손대지 않으셨지요.

어머니는 우리의 영향력을 남의 것처럼 조심스럽게 대하셨고, 저희가 공직에 오를 때는 기쁨과 지출 외에 아무것도 얻은 것이 없으셨지요. 어머니의 애착은 결코 이익을 바라고 나온 것이 아니었습니다. 아들이 아무 일 없을 때도 결코 취하려하지 않으셨으니 아들을 빼앗긴 상태에서 필요로 하실 리 없겠지요.

15. 1 제 모든 위로는 어머니의 고통이 생기는 진정한 원천인 저 두 번째로 돌려야 합니다. "사랑하는 아들을 포옹할 수 없구나. 아들을 바라보고 아들과 대화를 즐길 수도 없어. 내 슬픈 표정을 풀어 주고 불안을 잊게 해 주던 아들은 어디에? 아무리 해도 싫증 내지 않았던 아들과의 대화는? 여자들에게 허용된 것보다 더 자유롭게, 어머니들이 보통 하는 것보다 더 친근하게 함께했던 그 학문은 어디에? 그 만남은 어디에? 어머니를 보면 항상 아이 같았던 그 기쁨은 어디에?" 여기에 어머니는 더 보태시겠네요.

15. 2 서로 축복을 나누며 함께한 장소들, 당연한 일이지

만 마음을 괴롭히는 데 가장 적당한, 바로 얼마 전 함께했던 추억들을 말이에요. 실로 제가 그 일을 당하기 사흘 전쯤, 걱정하고 두려울 것이 없던 상황에서 어머니를 돌려보낸 것도 운명의 잔인한 계획이었습니다.

15.3 하지만 우리가 멀리 떨어져 지냈던 것이 다행이었고, 몇 년간 떨어져 지내 이런 불행을 미리 준비했던 것도 다행이었지요. 어머니는 돌아오셨지만 아들을 보는 기쁨은 누리지 못하고, 아들과 떨어져 지내던 익숙한 습관만 잃어버리셨지요. 어머니가 좀 더 일찍 떠나 계셨다면 거리가 그리움을 완화시켜 지금보다 이 불행을 더 용감하게 견디셨을 거예요. 아니, 떠나지 않으셨다면 아들의 모습을 적어도 이틀은 더 누리셨겠지요.

15.4 하지만 지금 잔인한 운명에 따라 어머니가 저의 불행을 함께하지 못하고, 저의 부재에 익숙해지는 것도 어려우시죠. 시련이 가혹하면 가혹할수록 더 큰 덕을 어머니는 청하셔야 합니다.

이미 잘 알고 있고 여러 번 물리친 적 있는 적을 상대하듯, 치열하게 싸우셔야 해요. 지금 흐르는 그 피는 한 번도 상처 입지 않은 몸에서 나온 것이 아니며, 어머니가 상처 입은 곳은 옛 상처의 흉터 위입니다.

16. 1 어머니가 여자라는 이름을 구실로 삼으시는 것은 옳지 않아요. 분명 여자들에게는 자제하지 않고 눈물 흘릴 권리가 허용된 것 같지만, 그렇다고 무한하지는 않지요. 그래서 우리 선조들은 10개월의 애도 기간을 남편을 잃은 부인들에게 허용하여, 끝없는 여자들의 슬픔을 공적인 제도로 규제했답니다.

실제로 사랑하는 사람을 잃었을 때 끝없는 고통에 몸을 맡기는 것은 어리석은 애정이니까요. 그렇다고 전혀 아파하지 않는 것도 비인간적인 냉혹함입니다.[157] 가장 좋은 것은 애정과 이성 사이에서 그리움을 느끼고 억누르며 조절하는 것입니다.

16. 2 한번 빠져든 슬픔을 죽음으로 끝낸 어떤 여자들을 상기하는 것도 허락해서는 안 됩니다. 아들을 잃었을 때 입은 상복을 평생 벗지 않은 여자들도 있으니까요. 시작부터 용감해야 했던 어머니의 삶은 어머니에게 더 많은 것을 요구하고 있어요. 여성 특유의 결점과는 거리가 먼 여자에게 여자라는 핑계는 아무 소용 없습니다.

16. 3 지금 시대에 가장 큰 악덕인 천박함은 많은 여자들과 다르게 어머니에게는 해당되지 않아요. 보석도 진주도 어머니의 마음을 끌지 못했으니까요. 부유함이 어머니 마음에 인류 최고의 가치로 비추인 적도 없었지요. 전통적인 방식의 엄격한 집안에서 훌륭한 교육을 받은 어머니를 올바른 사람들

까지 위험에 빠뜨리는 부덕한 여자들의 모방이라 왜곡하는 일
도 없었습니다.

어머니는 나이를 생각하면 웃음거리가 되듯 자식이 많은
것을 부끄러워하지도 않았고, 유일한 매력이 외모라 생각하는
다른 여자들과는 달리 불러 오는 배를 창피한 짐처럼 숨기지도
않았으며, 잉태된 자식들의 미래를 지우지도 않으셨습니다.

16. 4 여러 색깔의 화장으로 얼굴을 더럽히지 않으셨고 입
고 있어도 벗은 것 같은 그런 옷들[158]을 좋아하는 일도 없으셨
지요. 어머니에게 유일한 장신구, 가장 큰 아름다움, 나이가 들
어도 부서지지 않는 아름다움이자 가장 큰 명예는 정숙함이었
습니다.

16. 5 그러니 슬픔에 집착하려 여자의 이름을 내세우는 것
은 어머니에게는 가당치 않아요. 어머니가 가진 수많은 덕이
어머니를 여자라는 이름에서 떼어 놓았으니까요. 악덕에서 멀
리 떨어져 있는 만큼 여자들의 눈물로부터도 떨어지셔야 합
니다.

눈부신 덕으로 위인의 반열에 오른 여자들을 생각해 보세
요. 그녀도 어머니가 상심하여 고통받는 것을 허락지 않을 것
이며, 어쩔 수 없이 슬퍼해야 하는 만큼만 슬퍼하고 다시 일어
서라 명령할 것입니다.

16. 6 코르넬리아는 운명 때문에 열두 명의 자식들 중 두

명밖에 남지 않았습니다. 코르넬리아가 치른 장례식의 수를 세자면 그녀는 열 명의 자식을 잃었고 가치를 따진다 했을 때 그녀는 그라쿠스 형제를 잃었지요. 그런데도 주변에서 울면서 운명을 원망하는 사람들을 타이르며 운명이 자신에게 그라쿠스를 허락한 것이라 말했습니다.

이런 여인에게서 민회에서 이렇게 말한 아들[159]이 태어난 것은 당연한 일이었지요. "당신은 나를 낳아 주신 내 어머니를 욕하는 것인가?" 제가 보기에는 코르넬리아의 말이 훨씬 더 장합니다. 아들은 그라쿠스 형제가 태어난 것을 자랑으로 여겼지만, 어머니는 그들의 죽음까지 자랑으로 여겼으니까요.

16. 7 아들인 코타[160]를 따라 추방 생활을 함께했던 루틸리아는 그리움을 품기보다 추방 생활을 견디는 쪽을 선택할 정도로 애정을 가졌습니다. 아들과 함께 돌아올 때까지 고국에 발을 디디지 않았지요.

루틸리아는 그 아들이 복권되어 조국에서 활약할 때 그를 잃었습니다. 하지만 아들을 따라나설 때만큼 의연하게 아들을 보냈고, 아들의 장례를 치른 후 누구도 그녀가 울었다는 것을 알지 못했습니다. 아들의 추방에서는 용기를 보였고, 아들의 죽음에서는 현명함을 보여 주었지요.

어떤 것도 그녀가 자식을 사랑하는 마음을 없애지 못했고, 어떤 것도 그녀를 지나치고 어리석은 슬픔에 붙들어 두지 못했지요. 저는 어머니도 이런 여자들 가운데 한 사람이기를 원해요. 슬픔을 억제하고 가라앉히려 할 때, 어머니가 늘 그 삶을 본받아 온 그 여성들의 모범을 따르시기 바랍니다.

17. 1 저는 사태가 제 능력을 벗어났으며 어떤 감정도 우리 뜻대로 되지 않고, 특히 고통에서 생거나는 것은 너욱 그러함을 알고 있습니다. 그 감정은 사납고, 모든 치료법을 거부하며 완강합니다. 때로 우리는 그 감정을 억누르고 울음을 삼키려 하지요.

하지만 마음을 속이고 꾸며 낸 얼굴 위로 눈물이 흘러내립니다. 그러면서도 때로는 연극이나 검투사 경기에 온정신을 빼앗기지요. 하지만 근심을 털어 버리려 그 구경거리를 보는 와중에 조금이라도 그리움이 생겨나면 마음이 무너집니다.

17. 2 그러니 감정을 속이는 것보다 극복하는 편이 낫습니다. 감정은 놀이나 분주함으로 속이고 덮어도 다시 일어나며, 조용히 쉬는 가운데 다시 미쳐 날뛸 힘을 모으니까요. 하지만 어떤 감정이든 이성에 굴복하면 영원히 진정됩니다.

그러니 저는 어머니께 많은 사람들이 이용하는 것들을 아는 대로 처방해 드릴 생각은 없습니다. 여행으로 기분 전환을 하거나, 장부를 정리하고 유산을 관리하는 일에 시간을 쏟거나, 끊임없이 새로운 일을 만드는 등의 처방 말이지요. 그 대신 저는 고통을 속이기보다 끝내는 쪽을 택하겠어요.

17.3 따라서 저는 어머니를 자유인에 어울리는 학문 쪽으로 이끌고 싶습니다. 운명으로부터 도망친 사람들 모두에게 피난처가 되어 주는 곳이지요. 그 학문이 어머니의 상처를 치유하고 모든 슬픔을 몰아낼 거예요. 혹시 학문에 익숙하지 않아도 이제는 사용하셔야 합니다. 하지만 아버지의 옛 엄격함이 허락하는 한에서[161] 어머니는 모두 이해하지 못하셨더라도 좋은 학문들을 접할 기회가 있으셨어요.

17.4 아버지는 누구보다 뛰어난 사람이었지만, 선조들의 관습을 따르지 말고 어머니가 철학에 발을 살짝 적시는 정도가 아니라 깊이 배우게 하셨더라면! 그러면 어머니는 운명에 맞서는 도움을 지금 얻으려 할 것 없이 이미 가진 것을 내놓기만 했으면 됐을 텐데요.

아버지는 지혜를 위해 글을 사용하는 것이 아니라 사치로 활용하는 여자들 때문에 어머니가 학문에 몰두하는 것을 허락할 마음이 없었습니다. 그래도 빨리 흡수하는 재능이 있어 어머니는 배운 시간에 비해 많은 지식을 갖추셨지요. 모든 학문의 기초는 갖추셨으니, 이제 어머니를 지켜 줄 그 학문으로 눈을 돌리세요.

17.5 그 학문이 어머니를 안전하게 해 줄 것이고, 위로해 줄 것이며, 즐겁게 해 줄 거예요. 그것이 진정으로 어머니 마음

속에 자리 잡는다면 슬픔과 근심, 혼란스러운 시름의 고통이 침입하는 일도 없을 거예요. 어머니의 마음은 그런 감정에는 열리지 않을 거예요. 그 마음은 이미 다른 악덕들에 대해 닫혀 있으니까요. 이 학문이야말로 가장 안전한 보호막이며, 유일하게 어머니를 운명으로부터 구해 낼 수 있습니다.

18.1 하지만 학문이 어머니에게 약속하는 그 항구에 이를 때까지 어머니가 기댈 버팀목이 필요하시니, 제가 때때로 어머니에게 위로가 될 것들을 보여 드릴게요.

18.2 제 형제들을 생각해 보세요. 그들이 살아 있는데 어머니가 운명을 비난하는 것은 말이 안 되는 일이지요. 어머니는 그들 각자가 지닌 서로 다른 덕으로 어머니를 기쁘게 할 것을 찾을 수 있습니다. 한 명은 부지런히 공직 생활을 하고 있으며, 다른 한 명은 지혜롭게도 그것을 낮게 봤지요. 한 아들의 권위와 한 아들의 은둔을 통해, 그리고 둘 모두의 효심으로 위로를 받으세요.

저는 제 형제들의 깊은 애정을 알고 있습니다. 한 명은 어머니의 자랑이 되려 높은 지위로 가려 하고, 다른 한 명은 어머니를 위해 시간을 낼 수 있도록 한가하고 조용한 삶으로 물러난 것입니다.

18.3 어머니의 자식들로 하여금 도움도 되고 기쁨도 되도

록 둔 것은 운명입니다. 어머니는 한 아들의 권위로 보호받으실 수 있고, 다른 아들의 한가함을 즐기실 수 있어요. 그들은 해야 할 의무를 다하고 있으며, 한 아들에 대한 그리움은 두 아들의 효심으로 채워질 거예요. 숫자만 빼면 어머니께 부족한 것은 아무것도 없다는 것을 감히 장담할 수 있답니다.

18. 4 이들로부터 손자들에게도 눈을 돌려 보세요. 사랑스럽기 그지없는 어린 마르쿠스[162]를 보세요. 그 아이를 보면 어떤 슬픔도 오래갈 수 없어요. 누구의 가슴에 자리 잡은 슬픔이든, 아무리 크고 생생하다 해도 품에 안은 그 아이가 치료해 주지 못할 것은 없습니다.

18. 5 그 아이의 쾌활함이 모두의 눈물을 마르게 하지 않나요? 그 아이의 재잘거림에 다들 걱정으로 답답한 마음이 풀리지 않나요? 누구라도 그 아이의 장난기에 다들 농담을 하지 않나요? 생각에 잠겨 있다가도 싫증 나지 않는 그 아이의 재롱에 이끌려 고민에서 벗어나지 않는 사람 있을까요? 신들에게 기도합니다. 부디 그 아이가 우리보다 오랜 수명을 누리게 해 주소서.

18. 6 잔인한 운명은 저에게서 멈추기를. 어머니로서 탄식하고 슬퍼했어야 하는 것들, 할머니로서 겪으실 것도, 저에게 옮겨 오기를. 다른 가족이 모두 전과 다름없이 번창하기를. 제가 속죄양이 되어 가족이 더 이상 슬픔을 겪지 않게 된다면, 저

는 자식이 없다는 것이나 제 형편과 처지를 한탄하지 않을 것입니다.

18. 7 어머니에게 증손자를 안겨 드릴 노바틸라[163]를 안아 주세요. 제가 그 아이를 데려와 딸로 입양했으니 친아버지가 있다 해도 저를 잃어 아버지 없는 자식이 되었다 할 아이입니다. 그런 그 아이를 저 내신 아껴 수세요. 바로 얼마 전에 운명이 그 아이의 엄마를 앗아갔지요. 어머니가 사랑해 주신다면 그 아이는 자신의 엄마를 잃은 것을 슬퍼하기는 해도 깊이 느끼지는 못할 거예요.

18. 8 때로는 그 아이의 품성을 심어 주시고 때로는 바로 잡아 주세요. 어릴 때 배운 것들이 깊이 자리 잡는 법입니다. 어머니 이야기에 익숙하게 하시고 어머니 판단에 따라 키워 주세요. 어머니라면 모범이 되기만 해도 아이에게 많은 것을 주시는 거예요. 그런 고귀한 임무가 어머니의 치료약을 대신할 거예요. 사랑으로 인한 고통을 슬픔으로부터 떼어 놓는 것은 이성과 명예로운 일 외에는 없으니까요.

18. 9 가까이 계셨다면 어머니의 아버지도 큰 위로 가운데 포함되었을 겁니다. 그래도 어머니에 대한 그분의 감정을 어머니의 감정을 통해 생각해 보세요. 그러면 저를 위해 힘들어 하시는 것보다 그분을 위해 건강을 보존하는 것이 훨씬 더 올바른 행동임을 아실 거예요.

커다란 고통의 힘이 어머니를 공격하여 억지로 끌고 가려 할 때마다 그분을 생각하세요. 어머니는 그분께 손자들이나 증손자들을 안겨 드리며, 그분에게 자식이 어머니 혼자이게 두지 않으셨잖아요. 하지만 지난 세월의 결론이 행복해지는 것은 어머니께 달려 있습니다. 그분이 살아 계시는데 어머니의 삶을 탄식하는 것은 잘못입니다.

19.1 저는 이제껏 어머니에게 가장 큰 위로가 될 것에 대해 입을 다물었어요. 어머니가 고민을 모두 털어놓을 수 있는, 어머니에게 가장 충실한 마음을 가진, 우리 모두에게 어머니 같은 마음을 가진 어머니의 언니[164] 말입니다. 어머니는 그분과 눈물을 나누고 그분 품 안에서 다시 숨을 쉬셨지요.

19.2 그분은 항상 어머니의 감정을 존중하고 그걸 함께하지만, 저의 경우 그분이 탄식하고 슬퍼하는 것은 어머니를 위해서만은 아닙니다. 그분이 저를 안고 도시로 왔고, 그분의 깊은 애정과 어머니 같은 돌봄 덕분에 오랫동안 병약했던[165] 제가 건강을 되찾을 수 있었지요.

제가 재무관에 오를 수 있도록 지원해 주셨고, 사람들에게 큰 목소리를 내거나 크게 대화할 대담함이 없었지만 저를 위한 마음으로 그 수줍음을 이겨 내셨습니다. 조용한 생활 습관이나 여자들이 대단히 뻔뻔스러운 이런 상황에서 시골 사람

같은 정숙함과 차분함을 지니셨고, 세상과 떨어져 지내며 한가로운 삶을 추구하는 성품에도 불구하고 제가 성공하기를 바라셨지요.

19. 3 사랑하는 어머니, 그분이야말로 어머니가 회복할 수 있는 위안이 될 것입니다. 가능하면 가까이 지내시며 그분 품에 몸을 맡기세요. 슬픔에 빠진 사람은 흔히 사랑하는 것에서 멀어지고 슬픔을 위한 자유를 원하기 마련입니다. 하지만 어머니가 생각하는 것을 그분에게 모두 이야기하세요. 지금 그 상태를 유지하든 내려놓든, 어느 쪽이든 그분과 나눌 수 있을 것입니다.

19. 4 제가 그분이 완벽한 여성의 지혜를 갖추고 계심을 아는 한, 그분은 어머니를 아무런 도움도 되지 못할 슬픔에 쇠약해지게 놔두지 않을 것이며 자신이 취한 행동을 얘기해 주실 겁니다. 저도 목격했던 일을 말이지요.

그분은 사랑하는 남편, 아주 젊을 적 결혼했던 저의 이모부를 항해 중 잃었습니다. 그러면서도 슬픔과 두려움을 동시에 견디면서 폭풍우를 뚫고 남편의 시신을 난파선에서 꺼냈지요.

19. 5 아, 얼마나 많은 여자들의 뛰어난 업적이 어둠 속에 파묻혀 있는지요! 그분의 덕이 순수하게 칭송받는 시절에 사셨다면 얼마나 많은 시인들의 글줄로 칭송받으셨을까요. 남편을 매장하기 위해 자신의 연약함을 잊고, 거친 바다의 두려움

도 잊고, 자신의 목숨을 위험에 내맡긴 아내로서 말이지요. 남편의 장례를 생각하는 동안에는 자신의 생명을 전혀 아끼지 않았던 분입니다.

남편을 대신하여 죽은 여자는 많은 시인들의 노래로 눈부신 명성을 얻었습니다.[166] 하지만 자신도 죽을 수 있는 위험을 무릅쓰고 죽은 남편을 매장한 행동이 훨씬 더 큰일입니다. 위험은 같으나 보상이 덜한 사랑이 더 위대한 법이니까요.

19.6 이 이야기를 들은 후에는 그분이 남편이 이집트의 총독으로 있었던 16년 동안 겪은 일에 누구도 놀라지 않을 거예요. 그분은 당시 공적인 자리에 단 한 번도 모습을 나타내지 않으셨고, 속주민을 집에 들인 적도 없으며, 남편에게 청탁해 일을 해결하려 한 적도, 남의 청탁을 들어준 적도 없답니다. 그래서 원래 말이 많은 데다 관리들에 대한 험담이 난무하는 저 속주[167]에서 사람들이 유일하게 청렴함의 귀감으로 우러러봤던 분입니다. 단죄를 피한 사람도 추문에서 도망치지는 못했던 곳인데도 말이지요. 또한 위험한 농담을 일삼던 자에게는 어렵기 짝이 없는 일이었을 텐데도 사람들은 독설을 멈췄습니다. 거기서는 지금도, 기대는 없지만 그런 분을 항상 바라고 있습니다. 그 속주에서 16년 동안 그분을 인정해 준 것도 대단한 일이지만 그분에 대해 몰랐다는 것이 더 대단한 일이지요.

19.7 이걸 말하는 것은 그분을 칭찬하기 위해서가 아닙니

다. 이렇게 대강을 쓰는 것은 그만큼 사소하게 전하는 것이 되니까요. 다만 어머니가 그분이 위대한 영혼을 가진 분이라는 것을 아시기를 바라는 마음뿐입니다. 모든 권력의 동반자이며 파괴자인 야심도 탐욕도 그분을 이기지 못했습니다.

이미 배가 부서져 버린 상황에서 난파를 보면서도 죽음을 두려워하지 않고, 죽은 남편을 붙잡고 어떻게 탈출할지를 걱정하는 것이 아니라 남편의 시신을 어떻게 꺼낼지를 걱정한 분입니다. 그분과 같은 덕을 어머니도 발휘하셔야 합니다. 슬픔에서 정신을 붙들고, 누구도 어머니가 어머니의 자식을 후회한다고 생각하지 않도록 하세요.

20. 1 그 모든 것을 다 하셨다 해도 어머니 생각이 저를 향해 달려오고, 지금 어머니의 자식들 가운데 다른 자식들을 덜 사랑해서가 아니라 고통스러운 쪽에 자꾸 손이 가는 것은 자연스러운 일이라, 저에게 더 자주 마음 쓰시는 것은 분명코 당연한 일이니 저를 어떤 사람으로 생각해야 할지 들어 주세요.

모든 일들이 가장 좋을 때처럼 행복하고 즐겁습니다. 실제로 모든 일들이 가장 좋은 상태입니다. 영혼이 모든 일에서 벗어나 원래 해야 할 일에 전념하고 있으며, 때로는 가벼운 공부를 즐기고 때로는 진리를 열망하면서 우주의 본성을 깊이 숙고하기 위해 깨어나기 때문입니다.

20. 2 먼저 땅과 그 위치를 탐구하고, 다음으로 주변을 둘러싼 바다의 상태와 밀려왔다 다시 밀려가는 조수의 간만을 연구합니다. 때로는 하늘과 땅 사이에 위협으로 가득 찬 것은 무엇이든 살펴보는데, 천둥과 번개, 휘몰아치는 바람, 비와 눈, 우박으로 소란스러운 공간이 그것입니다.

낮은 곳을 모두 살펴보고 나면 높은 곳으로 뛰어올라 신성한 것들의 아름답기 그지없는 광경을 즐깁니다. 영혼의 영원함을 기억하면서 모든 과거와 미래 안에서 모든 시대를 통해 나아갑니다.

형제를 그리워하는 이에게

폴뤼비우스에게 보내는 위로

작품 배경

이 편지는 세네카가 코르시카에 유배되었던 시절, 클라우디우스 황제(BC10~AD54) 치하에서 쓰였다. 편지의 수신인 폴뤼비우스는 클라우디우스 황제 밑에서 서기로 보이는 중요한 역할을 맡았던 해방 자유민이다.

세네카가 아닌 다른 출처를 통해서도 그가 맡았던 역할에 대해서는 찾아볼 수 있으나, 오직 이 편지에서만 희랍 시인 호메로스의 작품을 라틴어 산문으로 옮기고 로마의 국민 시인이라 할 수 있는 베르길리우스의 작품을 희랍어 산문으로 옮길 정도로 문학에 정통했던 인물로 나타난다.

폴뤼비우스의 동생이 죽고 나서 세네카는 그에게 이 위로의 편지를 쓴다. 작품의 첫머리는 소실되었는데, 소실 분량이 어느 정도인지는 확실히 알 수 없다. 그렇지만 다행히도, 살아남은 내용에 '위안문학'의 전형적인 주제들이 대부분 다뤄지고 있어 작품 전체의 맥락을 이해하기는 어렵지 않다.

특이한 것은, 스토아적인 내용들이 그다지 많지 않다는 것이다. 세네카는 이 작품에서 현자는 슬픔을 느끼지 않는다는 식의 엄격한 스토아적인 관점을 견지하고 있지 않다. 그 대신

대부분의 이야기는 폴뤼비우스의 상황을 중심으로 짜여 있다.

세네카는 폴뤼비우스에게 문학적인 재능을 동생에 대해 서술하는 데 사용하고 후대를 위해 기억을 보존하라고 제안하며, 클라우디우스 황제가 폴뤼비우스를 위해 위로하는 이야기를 하는 것을 상상하면서 폴뤼비우스가 클라우디우스 황제와 가까운 관계임을 강조한다. 클라우디우스 황제의 뛰어남을 칭송하고는, 황제가 살아 있으니 그에게 충성해야 한다면서 폴뤼비우스의 슬픔을 달래고자 한다.

여기에 작품의 의의가 숨어 있는데, 이 편지는 단순하게 폴뤼비우스를 위로하는 차원에 그치는 것이 아니라 클라우디우스로 하여금 세네카 자신을 유배에서 다시 불러들이도록 하는 데 그 목적이 있다는 것이 대부분 학자들의 의견이다.

1.1 〔도시와 바위로 만들어진 기념물들을〕 우리의 '삶과' 비교해 보면 단단합니다.[168] 그러나 모든 것을 파괴하고 생겨난 그곳으로 소환하는 자연이라는 조건에 적용해 본다면 쉽게 무너질 뿐입니다. 죽을 수밖에 없는 사람의 손으로 만든 것들 중 영원히 사라지지 않는 것이 있을까요? 저 일곱 개의 놀라운 건축물[169]과 후대의 야망이 그것들보다 훨씬 더 놀랍게 쌓아 올린 것들이라 해도 언젠가 하루 만에 무너져 평지가 될 것입니다.

당연하지요. 그 어떤 것도 영원하지 않으며, 오래가는 것들이 있을 뿐이니까요. 제각기 각각의 방식대로 약점이 있으며, 사물들은 다양한 방식으로 사라지고, 시작된 것은 뭐든 끝나는 법입니다.

1. 2 어떤 사람들은[170] 세상에 멸망이 있을 것이라 경고하고 모든 신적인 것과 인간적인 것들을 품은 이 우주는, 당신은 그게 당연하다 생각할지 모르지만, 언젠가는 흩어질 것이며 예전의 혼돈과 어둠 속으로 가라앉을 것입니다.

이제 누구든 가서 각각의 영혼들을 위해 통곡하라지요. 카르타고와 누마티아와 코린토스의 잿더미에 대해,[171] 그리고 혹여 더 높은 곳에서 떨어진 것이 있다면 그것에 대해서도 비통해하라 하세요. 심지어 떨어질 곳도 없는 이 우주가 사라질지라도 말입니다. 누구든 가서 언젠가 엄청난 재앙을 가져올 만큼 대단한 운명이 자신을 아껴 주지 않았다고 불평하라지요.

1. 3 누가 그렇게 오만하고 무례하고 방자하다는 말입니까? 모든 것들을 똑같이 끝으로 데려가는 자연의 필연성 안에서 오직 자신과 가족들을 떼어 놓기 바라고, 곧 닥쳐올 세상의 멸망으로부터 어떤 집은 빼내기 바라다니요.

1. 4 그래서 모두가 이미 겪었거나 겪을 것들이 자신에게도 일어날 거라 생각하면 위안이 됩니다. 또한 그런 이유로 자연은 가장 힘든 것은 누구든 겪게 만들어 공평함이 운명의 잔혹함을 위로하게 되지요.

2. 1 그 생각도 당신에게 꽤 도움이 될 거예요. 당신이 그리워하는 사람이나 당신 자신에게 당신의 고통은 아무 이익도

주지 못한다는 생각 말입니다. 당신도 의미 없는 일이 계속되기를 원치 않으니까요.

만약 슬퍼하는 것이 조금이라도 도움이 된다면 저는 제 운명에 남은 눈물을 기꺼이 모두 당신을 위해 쏟겠습니다. 당신에게 뭐라도 좋은 점이 있으면 지금이라도 가정사로 인해 말라 버린[172] 이 눈에서 눈물이 흐르는 것을 볼 겁니다.

2. 2 뭘 망설이십니까? 우리 불평합시다. 그리고 심지어 저는 소송을 제기할 겁니다. "모두가 판단하기에 불공정하기 짝이 없는 운명아, 지금까지는 네가 그 사람을 지켜 주는 것 같았다. 네 덕분에 그는 거의 누구에게도 주어지지 않을 만큼 대단한 존경을 받았지만 아무도 그의 행운을 시기하지 않았어. 그런데 너는 갑작스레 카이사르[173]가 건재할 때 가장 큰 고통이 될 만한 것을 그에게 주었다. 그를 이쪽저쪽에서 살피고 오직 이쪽에서만 너의 타격이 효과가 있음을 알았지.

2. 3 그에게 다르게 할 수 있었을까? 돈을 빼앗을 수 있었을까? 그는 절대로 돈에 연연하지 않았다. 그는 지금도 할 수 있는 한 돈을 멀리하고 쉽사리 벌 능력이 있어도 돈으로 이익을 얻기보다 돈을 경멸한다.

2. 4 네가 그로부터 친구들을 앗아갈 수 있었을까? 친구를 잃어버렸을 때 그 자리를 다른 친구로 채울 만큼 그가 사랑받는 사람이라는 걸 너는 알고 있었지. 내가 본 궁의 권력자들 중

오직 그만 모두가 친구로 여겨도 될, 아니 그렇게 여길 수 있는
유일한 사람이었다.

2. 5 그에게서 좋은 평판을 빼앗을 수 있었을까? 그의 평
판은 네가 흔들 만한 수준보다 훨씬 굳건하다. 그에게서 건강
을 빼앗을 수 있었을까? 자유인들이 받는 교육[174]으로 키워졌
을 뿐 아니라 타고난 품성으로 그의 마음은 육체의 어떤 고통
도 이기도록 단련되었다는 걸 너는 알고 있었지.

2. 6 그에게서 영혼을 빼앗을 수 있었을까? 해나 입힐 수
있으려나. 그의 재능에 긴 세월을 약속한 것은 그의 명성이었
다. 그는 자신의 더 나은 부분에 의해 남고,[175] 뛰어난 작품들을
통해 죽음에서 자신을 구하려 했지.

글에 어떤 명예가 오래도록 남아 있는 한, 라틴어의 힘이
나 희랍어의 우아함[176]이 살아 있는 한, 재능에 비견할 만한, 혹
은 그의 수줍음이 이걸 허락하지 않는다면 교제할 만한 사람
들과 함께 살아남을 것이다.

2. 7 그러니 너는 어떻게 하면 그를 크게 괴롭힐지만 고심
했지. 훌륭한 사람일수록 분별없이 미치는 바람에 호의를 베
풀 때조차 두려워해야 하는 너를 그만큼 잘 견뎌 냈기 때문이
다. 그런 그에게 너의 관대함은 평소 방식대로 경솔하게 닥쳐
가지 않고 확실한 계산을 통해 주어지는 것으로 여겨졌으니,
그가 이런 부당함을 피하게 해 주는 것이 너에게는 얼마나 사

소한 일이었나!"

3.1 원한다면 이런 불평에다 꽃피기 전에 꺾인 저 젊은이의 성품을 추가해 봅시다. 그는 당신에게 어울리는 형제였습니다. 당신은 어울리지 않는 형제로 인해서는 절대 어떤 고통도 느끼지 않는 고귀한 사람이었으니 하는 말입니다. 모든 사람들이 그에 대해 똑같이 증언합니다. 사람들은 당신에 대한 찬사로 그를 그리워하고, 그 자신에 대한 찬사로 그를 칭찬합니다.

3.2 그에 관한 것은 모두 당신이 기꺼이 알 만한 것들입니다. 당신은 좋지 않은 동생에게도 분명 좋은 형이 되었을 테지만 당신의 우애는 적절한 대상을 만나 훨씬 탁월하게 단련되었지요. 아무도 그가 잘못을 저질렀다 생각하지 않으며, 그는 누구에게도 당신이 형임을 내세우지 않았습니다. 그는 당신의 절제를 본보기로 삼았으며, 당신이 얼마나 큰 집안의 자랑이자 버팀목인지 늘 생각했지요. 그는 충분히 이런 짐을 졌답니다.

3.3 아, 어떤 덕에도 평탄하지 않은 가혹한 운명이여. 당신의 동생은 행복을 깨닫기도 전에 떠났습니다. 저는 제가 합당하게 분노하지 못함을 알고 있습니다. 그토록 큰 슬픔에 어울리는 말들을 찾기란 쉬운 일이 아니기 때문입니다. 그렇다 해도 뭔가 얻을 수 있다면 불평해 봅시다.

3.4 "너는 무엇을 원했던 것이냐, 그토록 불의하고 사나운 운명아. 너는 그렇게 빨리 네가 베푼 호의를 후회한 것이냐. 형제들 사이를 공격해 그토록 잔혹한 강탈로 우애 넘치는 형제를 갈라놓다니 이 얼마나 잔인한 짓이냐. 너는 어느 형제 못지않게 탁월한 형제들로 가득 차서 어느 형제에게도 흠 하나 잡을 곳이 없는 그런 집을 뒤집어 놓고 아무 이유도 없이 없애 버리고 싶었느냐.

3.5 그렇다면 어떤 법이든 지키는 강직함도, 오랜 검소함도, 절제된 행복도, 최고의 자리에서 발휘하는 사려 깊은 자제력도, 학문에 대한 신실하고 확실한 사랑도, 어떤 흠도 없는 정신도 아무 도움이 되지 않는 것이냐. 폴뤼비우스는 탄식하고, 동생의 일로 인해 살아 있는 다른 형제들까지 뭔가 일이 닥치지나 않을까 경계하니, 고통의 위안이 되는 바로 그 형제들을 불안해하고 있다.

품격 없는 범죄 같으니! 폴뤼비우스는 탄식하고 카이사르의 위안에도 괴로워하는구나! 제멋대로인 운명아, 너의 목적이 실로 카이사르조차 너에게 맞서는 그 누구도 보호해 줄 수 없음을 보여 주는 것이냐."

4.1 더 오래 운명을 고발할 수 있지만 운명을 바꿀 수는 없습니다. 운명은 냉혹하고 동요 없이 서 있습니다. 소리쳐도,

통곡해도, 소송을 걸어도 움직이지 않습니다. 운명은 누구도 봐주는 법이 없으며 용서해 주지도 않습니다. 울어 봐야 아무 소용 없으니 눈물을 거둡시다. 계속 슬퍼해 봐야 죽은 자들을 우리에게 데려오기는커녕 우리가 죽어 그들과 함께하게 될 테니까요.

저 고통이 우리를 괴롭히기만 하고 도와주지 않으면 될 수 있는 한 빨리 포기하고, 텅 빈 위안과 쓰디쓴 슬픔의 욕구로부터 마음을 되찾아야 합니다. 이성이 하지 않으면 운명은 결코 우리의 눈물을 그치게 하지 않을 거예요.

4. 2 죽을 수밖에 없는 모든 사람을 둘러보세요. 통곡해야 할 이유가 여기저기 계속해서 나타납니다. 누군가는 가난이 극심해 매일 힘을 써야 하고, 누군가는 야망이 잠들지 않아 괴로워하며, 누군가는 간절히 바랐던 재산 때문에 두려워하고, 자신의 소망 때문에 힘들어하고, 걱정과 호의가 누군가를 괴롭히고, 항상 집 앞을 둘러싼 무리가 누군가를 괴롭힙니다. 어떤 이는 자식이 생겨서, 어떤 이는 자식을 잃어서 고통스러워합니다. 고통받을 이유가 고갈되기 전에 우리의 눈물이 모자랄 지경입니다.

4. 3 당신은 자연이 우리에게 어떤 삶을 약속했는지 알지 않습니까? 처음 사람이 태어날 때 울기를 바랐던 자연이 말입니다. 우리는 태어나 가장 먼저 울었고, 우리는 울면서 온 세월

을 보냈습니다.

그렇게 살아가니 우리가 자주 해야만 하는 것은 절제하고 얼마나 많은 슬픔이 등 뒤에서 위협하는지 되돌아보며, 울음을 그칠 수 없다면 확실히 아껴야 합니다. 그렇게 자주 사용하는 것들이야말로 잘 보관해 둬야 합니다.

5. 1 이런 것도 당신에게 꽤나 도움이 될 것입니다. 당신 고통의 이유가 된다고 여겨지는 사람이 당신의 고통을 그다지 반가워하지 않는다고 생각하세요. 그는 당신이 고통받는 것을 원치 않거나 아예 모릅니다.

그러니 고통의 이유가 되는 사람이 아무것도 느끼지 못하면 고통은 헛된 일이고, 뭔가 느낀다 해도 반가운 일이 아니니 그런 호의는 무의미합니다. 감히 말하건대, 당신이 눈물 흘린다고 즐거워할 사람은 세상에 아무도 없습니다.

5. 2 그러니 어떤가요? 누구도 당신에 대해 가지지 않는 마음을 당신 동생은 가지고 있다고, 당신이 괴로워하며 카이사르에게 봉사하는 일을 그만두기를 동생이 원한다는 걸 믿을 수 있나요?

아니겠지요. 그는 당신을 동생처럼 아끼고, 부모처럼 존경하고, 조상처럼 공경했으니까요. 그는 당신이 고통받는 것이 아니라 자기를 그리워하기를 원합니다. 죽은 사람들에게 감각이 있다면 당신의 동생은 당신의 고통이 끝나기를 바랄 텐데, 당신은 왜 고통으로 인해 스스로 쇠약해지게 놔두나요?

5·3 당신의 다른 동생은 어떤 생각을 하는지 잘 모르지만, 확신하지는 못해도 이렇게 말할 수 있습니다. "만약 당신이 끝없이 눈물 흘리며 괴로워하는 것을 바란다면 그는 당신이 고통의 이유로 삼을 만한 동생이 못 됩니다.

그는 이런 것을 바라지 않을 테니, 당신 형제들에게 달라붙어 있는 고통을 떼어 내세요. 우애가 없는 동생이라면 그리워할 필요가 없고, 우애가 깊은 동생이라면 당신이 이렇게 그리워하는 것을 원치 않으니 말입니다."

그런데 죽은 동생의 우애는 입증되었지요. 그의 불행이 당신에게는 상처가 되었고, 어떤 식으로든 당신을 괴롭혔고, 그것이 눈물에 전혀 어울리지 않는 당신의 눈에서 끝없는 눈물이 흐르게 만들고 지치게 했지요. 이런 사실들은 분명 그에게 쓰린 일입니다.

5·4 하지만 쓸모없는 눈물로부터 당신의 우애를 가장 잘 끌어낼 것은 바로 이런 부당한 운명을 용감하게 견딤으로써 동생들에게 모범이 되어야만 한다고 생각하는 것이지요. 위대한 장군들[177]은 어려움이 닥쳤을 때, 병사들이 자신의 풀죽은 모습을 보고 사기가 꺾이지나 않을까 두려워 일부러 즐거운 척하여 불행을 숨깁니다. 당신이 지금 해야 하는 일이 바로 그

것입니다.

5.5 마음과 전혀 다른 표정을 지으세요. 그리고 가능하면 모든 고통을 통째로 내던지세요. 힘들면 고통을 숨겨 드러나지 않게 하세요. 동생들이 당신을 본받도록 힘쓰세요. 그들은 자신들이 본 당신의 모든 행동이 정직하다 믿고 당신의 표정에서 용기를 얻을 것입니다. 당신은 그들에게 위로가 되어야 하며 위로하는 사람이어야 합니다. 하지만 당신이 슬픔에 흠뻑 젖어 있다면 그들의 탄식을 막을 수가 없답니다.

6.1 당신의 행위를 감출 수 없다는 사실을 염두에 두면 당신의 지나친 눈물을 막을 수 있지요. 사람들이 합의해서 당신이 중요한 직책을 맡았으니 그것을 수행해야 합니다. 당신을 위로하는 사람들 모두 당신을 둘러싸고 마음속을 들여다보며 당신이 얼마나 큰 힘으로 고통에 맞서는지, 당신이 그저 순조로운 일들만 잘 이용하는지, 아니면 힘든 일들도 잘 버틸 수 있는 사람인지를 꼼꼼히 살필 겁니다. 그들은 당신의 눈을 살펴보고 있어요.

6.2 감정을 감출 수 있는 사람들은 아주 자유롭지만 당신은 비밀을 가질 자유도 없어요. 운명은 당신을 밝은 빛 아래 두었습니다. 당신이 이런 상처를 입었을 때 어떤 식으로 행동했는지, 즉 당신이 얻어맞자마자 무기를 던져 버렸는지 아니면

버티고 서 있는지 모든 사람들이 알게 될 것입니다.

일찍이 당신은 카이사르의 총애와 스스로의 재능으로 높은 지위까지 올라갔습니다. 평민의 것도 천한 것도 당신에게는 어울리지 않지요. 그런데 기력이 다 소진되도록 자신을 고통에 맡기는 것만큼 천하고 여자에게나 어울리는 일이 있을까요?

6.3 당신은 당신 형제들에게 허락된 것처럼 눈물 흘리면 안 됩니다. 당신의 학식과 성품에 대한 세상의 평판은 당신에게 허용하는 것은 별로 없이, 당신에게 많은 것을 요구하며 많은 것을 기대합니다. 당신이 무엇이든 자유롭게 하기를 원했다면 사람들이 당신에게 주목하지 않도록 했어야지요.

지금은 당신이 약속한 것을 내놓을 때입니다. 당신의 재능이 피어난 작품을 칭찬하고, 베껴 쓰고, 당신의 재산이 아니라 재능을 요구하는 사람들 모두 당신의 마음을 들여다봅니다. 많은 사람들이 당신에게 보냈던 경탄을 후회하지 않게 하려면, 그렇게 박식하고 완성된 사람이 되겠노라 공언했던 당신은 그에 맞는 행동을 보여야 합니다.

6.4 당신에게는 도를 지나쳐 슬퍼하는 것이 허락되지 않습니다. 당신이 하면 안 되는 것은 그것만이 아닙니다. 낮까지 잠들어 있으면 안 되고, 일이 소란스럽다고 한적한 시골로 피해 은둔해서도 안 되며, 고된 업무가 계속되는 직책에 있으니 지친 몸을 사치스러운 여행을 통해 쉬게 만들어서도 안 되고,

수많은 구경거리에 마음을 빼앗겨서도 안 되고, 당신 뜻대로 하루를 정해도 안 됩니다. 비천한 사람들에게도, 저 구석에 누워 있는 사람들에게도 허용되는 많은 것들이 당신에게는 허용되지 않습니다. 위대한 운명은 곧 큰 예속입니다.

6. 5 당신 마음대로 하는 건 당신에게 허락되지 않았습니다. 당신은 수많은 사람들의 이야기를 듣고, 수많은 청원서를 준비해야 합니다. 온 세상에서 모인 수많은 사안이 차례차례 제일인자에게 전달되도록 잘 추려야 합니다.

말했듯, 우는 것도 당신에게는 허락되지 않았습니다. 많은 사람들이 우는 소리를 들을 수 있도록, 대단히 온화한 카이사르의 자비를 원하는 위기에 빠진 사람들의 간청을 들을 수 있도록, 당신은 눈물을 말리고 눈물을 닦아 내야 합니다.

7. 1 하지만 지금까지 말한 것들은 당신에게 가벼운 치료약이 될 것입니다. 모든 것을 잊고 싶을 때면 카이사르를 생각하세요. 당신에 대한 그의 은혜가 얼마나 큰지, 얼마나 노력해야 하는지 보세요. 신화에서 전해지는 대로 세상을 그의 어깨로 짊어진 자[178]만큼이나 당신이 짐을 지고 있는 것은 아니니까요.

7. 2 모든 것이 허락된 카이사르조차 이런 이유로 많은 것들을 하지 못합니다. 그의 경계가 모든 사람의 잠을, 그의 노고

가 모든 사람의 여가를, 그의 근면이 모든 사람의 즐거움을, 그의 노동이 모든 사람의 휴식을 보장합니다. 세상에 헌신한 그날부터 카이사르는 스스로를 내려 두고, 쉬지 않고 자신의 궤도를 돌고 있는 행성들처럼, 멈추지도 못하고 자신을 위한 일도 할 수 없습니다.

7·3 그래서 당신도 어느 정도 똑같은 강제에 얽매이게 됩니다. 당신에게는 자신의 이익이나 공부에 몰두하는 것이 허락되지 않습니다. 카이사르가 세상을 다스릴 때 당신은 쾌락이나 고통이나 다른 어떤 것에도 빠져들 수 없습니다. 당신은 카이사르에게 당신 전부를 빚지고 있어요.

7·4 게다가 당신은 항상 당신의 목숨보다 당신의 카이사르가 더 소중하다고 선언하지 않았습니까. 그러니 그가 살아 있는 한 당신이 운명에 대해 불평하는 것은 정당하지 않습니다. 그가 무사하다면 당신의 것들은 안전하고, 당신은 어떤 것도 잃어버리지 않은 것입니다.

당신의 눈은 말라 있어야 하며 즐거운 모습이어야 합니다. 그 안에서 당신에게는 모든 것이 있으며, 그는 모든 이들을 위해 있습니다. 그가 살아 있는데 당신이 뭔가에 슬퍼한다면, 당신의 행운을 배반해 별로 감사하지 않는 것이지요. 또한 아주 현명하고 충성스러운 모습과는 거리가 멉니다.

8.1 이제는 확실한 치료법이 아니라 더 친숙한 치료법을 보여 드릴게요. 당신이 언제든 집에 틀어박혀 있다면 그때는 슬픔을 두려워해야 합니다. 당신이 수호신을 바라보는 한 슬픔은 당신에게 접근할 수 없으며, 당신 안의 모든 것을 카이사르가 지켜 줄 것입니다. 하지만 당신이 그에게서 멀어지면 기회가 왔다는 듯 당신이 혼자 있기를 노리다 당신 마음속으로 조금씩 기어 들어갈 것입니다.

8.2 그러니 당신은 시간이 빌 때 항상 몰두할 일이 있어야 합니다. 이때 당신이 오랫동안 변함없이 사랑하던 책에게 보답하라 하세요. 책에게 당신이 책의 사제이자 숭배자라 주장하세요.

인류에게 훌륭한 일을 남긴 호메로스와 베르길리우스가 당신 옆에 오랫동안 머물게 하세요. 작품을 썼을 당시보다 더 많은 사람들에게 그들이 알려졌다는 점에서, 당신은 모든 사람들뿐 아니라 그들에게도 훌륭한 일을 한 것입니다. 당신이 그들의 작품에 들이는 모든 시간은 안전할 거예요.

그때 카이사르의 업적을, 모든 세대에 걸쳐 그 집안의 자랑거리가 되도록, 시인이 쓰는 것만큼이나 찬사를 담아 쓰세요. 그 자신이 훌륭하게 큰 틀을 짜고 기술하는 일들과 소재[179]와 예시들을 줄 것입니다.[180]

8.3 평소 당신이 잘 하는 대로 희극과, 로마의 작가들이

시도하지 않았던 아이소포스(이솝) 우화 같은 이야기를 묶어 보라 하지는 않을게요.[181] 그렇게 강하게 얻어맞은 마음이 그토록 빨리 이런 가벼운 일에 집중하기란 쉽지 않지요. 하지만 만약 진중한 글에서 가벼운 글로 나아갈 수 있다면 용기를 얻어 원래 자기 자신으로 돌아왔음을 증명할 수 있습니다.

8.4 진중한 글들에서 다룰 진지함은, 계속 괴로워하고 속으로 비탄에 잠긴 사람을 고통과 괴로움에서 벗어나게 해 줄 거예요. 반면 편안한 모습으로 다뤄야 하는 가벼운 글들은 마음이 원래 자신을 완전히 회복하지 않으면 견뎌 낼 수 없답니다. 그러니 진지한 주제로 먼저 연습해 보고, 다음으로 재미있는 주제를 시도하세요.

9.1 당신에게 자주 이렇게 질문하는 것도 진정제 역할을 해 줄 겁니다. "나는 내 이름을 위해 고통스러워하는 것일까, 아니면 죽은 그를 위해서일까. 만약 나 자신을 위해 슬퍼하는 거라면 애정을 내보이는 것은 거짓이 된다. 오직 명예롭다는 이유로 용인되던 고통이 이득을 위한 것이라면 우애와는 별반 관계없어진다. 이득을 위해 동생을 애도하는 것은 덕이 있는 사람과는 어울리지 않는다.

9.2 하지만 죽은 동생을 위해 슬퍼하는 거라면 다음 둘 중 하나다. 만약 죽은 사람에게 어떤 감각도 남아 있지 않다면 동

생은 삶의 수많은 고통에서 벗어나 태어나기 전으로 돌아간 것이고, 악에서 벗어났으니 그는 어떤 것도 두려워하거나 원치 않는 일을 겪지 않는다. 전혀 고통스러워하지 않을 그를 위해 내가 고통을 멈추지 않는다면 얼마나 미친 짓인가.

9·3 그러나 만약 죽은 사람에게도 감각이 남아 있다면 동생의 영혼은 마치 오랜 감옥 생활에서 풀려난 것 같을 것이다. 그래서 마침내 자신만의 정의와 의지대로 살면서 기뻐하고, 자연의 경관을 즐기고, 높은 곳으로부터 모든 인간사를 내려다보며,[182] 그토록 오랫동안 헛되이 찾아다닌 신들의 원리를 넘어 더 가까이에서 신적인 것들을 들여다볼 것이다.

그러니 그가 행복하든 아무것도 느끼지 못하든 내가 그를 그리워하면서 괴로워할 이유가 있을까? 행복한 사람 때문에 운다면 시기일 뿐이고, 아무것도 느끼지 못하는 자 때문에 운다면 광기이다."

9·4 이것이 당신의 마음을 흔드는 걸까요? 그가 어마어마한 복을, 정확하게는 쏟아져 내리는 복을 잃어버렸다고 여겨진다는 사실 말입니다. 그가 잃어버린 것이 많다고 생각할 때더는 두려워하지 않을 것도 많음을 기억하세요.

분노는 이제 그에게 고통을 주지 못하고, 병으로 괴롭지도 않으며, 의심으로 걱정하지도 않습니다. 항상 다른 사람의 성공을 질투하는 시기심도 그를 괴롭히며 뒤쫓지 않고, 두려움도 그를 괴롭히지 못하며, 자신이 준 선물을 금세 빼앗는 운명의 변덕도 그를 성가시게 하지 못할 것입니다. 잘 따져 보면 그는 빼앗겼다기보다 많은 것들을 덜어 낸 것이지요.

9.5 앞으로 그가 부를 즐기지 못하고, 호의를 베풀지도 받지도 못하며, 은혜 역시 베풀지도 받지도 못하기 때문에 당신은 그가 불쌍한가요, 아니면 불필요한 것들이니 행복하다고 생각하나요? 나를 믿으세요. 운명이 준비된 사람보다 운명이 없는 사람이 훨씬 행복합니다.

화려하지만 속임수에 가까운 쾌락으로 우리를 즐겁게 만드는 모든 좋은 것들, 돈과 관직과 권력, 그리고 인류의 눈먼 욕망이 찬탄하는 많은 것들은 고생해서 얻어도 시기의 대상이 되어 결국은 장식한 사람들을 누를 것입니다.

그것들은 유익함을 넘어 위험을 가져옵니다. 그것들은 불안정하고 불확실하여 머무른다 해도 즐겁지 않습니다. 미래의 두려움이 없다 해도, 커다란 행운을 돌보는 것 자체는 큰 걱정이기 때문이지요.

9.6 진리를 깊이 들여다보는 사람은 모든 이의 삶이 형벌과 다를 바 없다 말합니다. 밀물과 썰물이 번갈아 들면서 갑작스레 불어나 우리를 밀어 올리는 바다, 더 큰 손해를 입히고 우리를 내려놓는 바다, 지속적으로 파도치는 깊은 바다에 내던져지면 우리는 결코 한곳에 머무르지 못한 채 표류하며 흔들

리고, 이쪽저쪽으로 충돌하여 결국은 난파할 수밖에 없는데도 항상 난파를 걱정합니다. 이 상태로 그토록 심한 풍랑과 온갖 폭풍우에 노출된 바다를 항해하는 이들에게는 죽음만이 항구랍니다. 그러니 동생의 상황을 나쁘게만 보지 마세요. 쉬는 중입니다.

9.7 드디어 자유롭고 드디어 안전하며 드디어 영원합니다. 그는 카이사르와 카이사르의 모든 자손, 당신과 형제들을 남겨 두고 떠난 것입니다. 운명이 자신의 호의로 뭔가를 바꿔 놓기 전에 여전히 서 있으면서 손에 선물을 가득 채워 움직이는 운명을 떠났습니다.

9.8 그는 이제 자유롭고 열린 하늘을 즐기는 중입니다. 그는 낮은 곳으로부터 사슬에서 풀려난 영혼들을 행복하게 품에 받아 주는 곳으로 뛰어올라, 자유롭게 방랑하며 자연의 모든 좋은 것들을 즐겁게 바라봅니다. 당신이 틀렸습니다. 당신 동생은 빛을 잃은 것이 아니라 아주 깨끗한 빛을 찾았습니다.

9.9 그를 위한 길은 우리 모두에게 공통된 길입니다. 왜 운명을 슬퍼합니까? 그는 우리 곁을 떠난 것이 아니라 먼저 나아간 것입니다. 저를 믿으세요. 큰 행복은 죽음이라는 필연성 안에 있습니다. 모든 날들 가운데 확실한 것은 없습니다. 진실이 그토록 어둡고 보이지 않는데, 죽음이 당신의 동생을 시기한 것인지 보살핀 것인지를 누가 구분하겠습니까?

10. 1 이런 것도 모든 경우 그토록 정의롭게 처신하는 당신에게 분명 도움이 될 것입니다. 동생을 잃었다 해서 불의를 당한 것이 아니라 오랫동안 그의 우애를 경험하고 누리도록 허락되어 호의를 입었다 여기세요.[183]

10. 2 선물하는 사람이 자기 마음껏 선물 고르는 것을 인정하지 않는 사람은 불공정한 자이며, 받은 것을 이익이라 여기지 않고 오히려 돌려주는 것을 손해라 여기는 사람은 탐욕스러운 자입니다. 즐거움의 끝을 불의라 부르는 이는 감사하지 않는 사람이며, 좋은 것들은 눈앞에 있을 때가 아니면 쓸모없다 생각하고, 지나간 것들에 만족하지도 않고 지나간 것들을 더 확실한 것으로 판단하지도 않는 사람은 어리석은 사람입니다. 그러한 것들은 사라질까 두려워할 필요가 없기 때문입니다.

10. 3 현재 갖고 보는 것만을 즐기며, 과거에 갖고 있던 것을 별것 아닌 것으로 생각하는 사람은 자신의 즐거움을 너무 좁게 잡은 것입니다. 모든 즐거움은 우리를 빨리 떠나가고 흘러가고 지나치고, 오기도 전에 대부분 사라집니다.

그러니 우리 마음은 과거를 봐야 하고, 과거에 우리가 즐겼던 것들은 무엇이든 다시 불러와야 하고, 이것을 자주 생각하며 자세히 살펴봐야 합니다. 즐거움에 대한 기억이 지금 눈앞에 있는 것보다 훨씬 오래가며 더 신뢰할 만합니다.

10.4 그러니 당신에게 그토록 훌륭한 동생이 있었음을 가장 좋은 것 중 하나로 생각하세요. 당신이 생각해야 하는 건 당신이 얼마나 오랫동안 그와 있을 수 있었느냐가 아니라, 얼마나 오랫동안 있었느냐입니다.

자연은 다른 사람에게 그렇듯, 당신에게도 동생의 소유권을 준 것이 아니라 이용권을 주었으니까요. 그런 다음 적당하다 여겨질 때 반환을 요구한 것이며, 그에 대한 당신의 만족이 아니라 자기 규칙을 따른 것이지요.

10.5 누군가 빌린 돈을 갚는 것을 못마땅하게 여기는 사람, 특히 그 돈을 무이자로 받았다면, 그는 불의한 사람이라 여겨지지 않겠습니까? 자연은 당신의 동생에게는 그의 삶을, 당신에게는 당신의 삶을 주었지요.

자연이 스스로의 권리로 자신이 원하는 사람에게 빠르게 빚을 갚으라 해도, 그런 조건으로 빌려준 것은 많은 사람이 알고 있지요. 잘못은 자연이 아니라 인간의 과도한 희망에 있습니다. 인간은 희망으로 인해 자연이 어떤 것인지 자꾸 잊어버리는 데다 일깨우지 않으면 처지를 망각하니까요.

10.6 그러니 당신은 그렇게 좋은 동생이 있어 그의 우애를 누렸던 것을 기뻐하세요. 비록 당신의 바람보다 짧았지만 행복이라 생각하세요. 그가 동생이었던 것이 큰 즐거움이며, 그를 잃은 것은 인간적인 것이라 생각하세요. 그런 동생이 오

래 살지 못해 괴로워하며 그가 살았다는 사실을 기뻐하지 않는 것은 모순입니다.

11. 1 "하지만 예상치 못하게 그를 빼앗겼습니다." 누구든 쉽게 믿는 성격인 데다 사랑하는 사람들이 죽을 운명임을 잊고 싶어 하여 속은 것입니다. 자연은 누구에게도 자신의 규칙으로부터 벗어나는 호의는 베풀지 않습니다.

아는 사람들이든 모르는 사람들이든 사람들의 장례 행렬이 날마다 눈앞으로 지나가는데 우리는 별다른 관심을 두지 않지요. 그렇게 살아가는 내내 언젠가 닥칠 거라 통보받던 일을 두고 예상치 못했다 말합니다. 그런 일은 운명이 불공정해서가 아니라 모든 것에 만족할 줄 모르는 인간 정신의 결함 때문인데, 인간의 정신은 빌리도록 허락된 곳에서 추방당했다고 화를 냅니다.

11. 2 아들이 죽었다는 소식을 듣고도 위대한 인물에게 어울리는 목소리를 낸 그는 얼마나 정의로운가요. "내가 그를 낳았을 때, 죽으리라는 것을 알았지."라고 말하면서요.[184] 그런 사람에게서 용감하게 죽을 수 있는 아들이 태어났다는 사실은 놀랄 일도 아닙니다. 그는 아들의 죽음을 새로운 소식처럼 받아들이지 않았습니다. 사람의 모든 삶은 죽음으로 향하는 길일 뿐 사람이 죽는다는 것이 어찌 새로운 일일까요?

11. 3 "내가 그를 낳았을 때, 죽으리라는 것을 알았지." 이렇게 말하고 나서 더 큰 지혜와 영혼을 보여 주는 내용을 덧붙였습니다. "그리고 이 일을 위해 들어 올렸다." 우리는 모두 이 일을 위해 들어 올려졌습니다.

태어난 사람은 누구든 죽음으로 끝을 맺습니다. 주어질 것에 기뻐합시다. 그리고 갚아야 할 때 돌려줍시다. 운명은 모두를 각자의 시간에 데려가며 아무도 지나치지 않습니다. 마음을 준비하게 하고, 일어날 일을 두려워하지 말며, 확실하지 않은 일은 항상 예상해야 합니다.

11. 4 지휘관들과 그 후손들, 여러 집정관들, 개선식으로 유명했으나 잔혹한 운명으로 인해 죽음을 맞은 사람들을 언급할 필요가 있을까요? 왕국 전체는 왕들과 함께, 인간들은 민족과 함께 스스로의 운명을 견디지요. 모든 사람들, 아니 모든 것들은 마지막 날을 바라보고 있습니다. 끝이 모두에게 동일하지는 않습니다.

어떤 사람은 한창때 생을 마감하고, 어떤 사람은 태어난 지 얼마 지나지 않아 생을 마감하며, 어떤 사람은 너무 늙고 지친 나머지 그만 살고 싶을 때 비로소 생을 마감합니다. 각자 생을 마감하는 시기는 다르지만, 우리는 모두 같은 곳을 향해 나아간답니다. 죽을 수밖에 없다는 법칙을 모르는 것이 더 어리석은지, 거부하는 것이 더 몰염치한지 모르겠습니다.

11. 5 자, 당신의 재능 덕분에 칭송받게 된 저 노래들 중 당신 마음에 드는 시인의 노래를 손으로 잡으세요.[185] 당신은 원저자가 노래로 쓴 것을 그 구조가 없어져도 아름다움이 지속될 정도로 산문으로 풀어냈습니다.

그건 정말 어려운 일이었는데, 모든 가치들이 당신을 따라 전혀 다른 말로 옮겨질 정도로 당신이 그 노래들을 한 언어에서 다른 언어로 번역했지요. 그 작품의 어떤 부분이든 인간의 일들과 불확실한 재앙, 여러 이유로 흘리는 눈물의 예를 당신에게 수없이 제공해 주지 않는 책은 없습니다.

11. 6 읽어 보세요. 그리고 당신의 웅장한 말들을 통해 얼마나 큰 호흡으로 소리 내는지 보세요. 갑작스럽게 침몰하는 것이, 당신 말의 그 큰 숭고함을 잊은 것이 부끄러울 것입니다. 당신의 글에 감탄하게 될 사람들로 하여금 그토록 여린 마음으로 어떻게 그토록 웅장하고 단단한 작품을 만들어 냈는지 묻게 하지 마세요.

12. 1 당신을 괴롭히는 것에서 벗어나 오히려 당신을 위로하는 저 많은 것들로 눈을 돌리고, 저 훌륭한 형제들을 되돌아보세요. 아내를, 아들을 보세요. 이들 모두의 안녕을 위해 운명은 당신과 이 정도 비율을 결정했습니다. 당신에게는 위안이 될 사람들이 많아요. 당신에게는 그토록 많은 위안보다 하나

의 고통이 더 중요하다고 모든 이들이 생각하게 되는, 그 불명예를 피하세요.

12. 2 그들 모두 당신과 함께 고통에 타격을 입었음을 당신이 알고 있고, 그들이 당신을 도와줄 수 없고 오히려 당신의 도움을 받을 거라 기대한다는 걸 당신은 이해하고 있지요. 그들의 학식과 재능이 당신보다 적으면 적을수록 당신은 더욱더 모두의 불행과 맞서야 합니다. 그런데 많은 이들과 자신의 고통을 나누는 것은 그 자체로 위안입니다. 여러 사람들과 고통을 나누면, 당신에게 남은 고통은 작아질 수밖에 없으니까요.

12. 3 저는 당신을 카이사르와 비교하는 걸 멈출 생각이 없습니다. 그가 세상을 다스리고, 제국을 무기보다 베풂으로 훨씬 더 잘 지킬 수 있다는 것을 보여 주며 세상일들을 다룰 때, 당신은 뭔가 잃을지 모른다는 걱정을 하지 않았습니다. 당신은 그 안에서만 충분히 보호되고 위로받습니다.

스스로 일으켜 세우세요. 눈물이 날 때 카이사르에게 눈을 돌리세요. 위대하고 빛나는 신적인 것을 보면 눈물이 마를 거예요. 당신의 눈이 다른 것을 볼 수 없을 정도로 그의 빛은 당신의 눈을 사로잡아 자신만 보게 할 것입니다.

12. 4 당신이 밤낮으로 바라보고 계속 마음에 간직한 그를 생각해야 하며, 운명에 맞서 그를 불러야 합니다. 또한 저는 의심하지 않습니다. 자신의 모든 백성을 향한 그의 자비와 호의

가 그토록 크기 때문입니다.

많은 위안거리로 당신의 상처를 덮어 주고 당신의 슬픔을 막을 많은 것들을 그는 이미 마련해 놓았습니다. 무엇이 더 있을까요? 그가 이 중 어떤 것도 하지 않아도, 그를 생각하며 바라보는 것만으로도 카이사르는 당신에게 커다란 위안이 되지 않나요?

12.5 신들이여, 그가 이 세상에 오래도록 머무르게 해 주시길. 그가 신과 같은 아우구스투스와 같이 행하기를, 그리고 더 오래 살기를. 그가 오래도록 죽을 수밖에 없는 사람들 가운데 있도록, 그의 집에서 죽을 수밖에 없는 것은 아무것도 없다 생각하기를. 오랜 믿음으로 아들[186]을 로마 제국의 통치자로 인정하고, 그를 상속자이기 이전에 자신의 동료로 바라보기를. 그의 씨족이 그가 신이 되었다[187] 선포할 날이 늦게 오게 해 우리의 손자들에게만 알려지기를.

13.1 운명아, 그에게서 손을 떼고, 이익을 주는 것이 아니라면 그에게 힘을 과시하지 말라. 오래 아파하며 고통받은 인류를 그가 치료하고, 선대 황제의 광기[188]로 인한 혼란을 그가 제자리로 돌려놓기를. 깊은 어둠에 빠져든 세상에 그가 그토록 빛나는 별이 되기를.

13.2 그가 게르마니아를 평정하고[189] 브리타니아를 개척하

여[190] 아버지의 개선식[191]과 자신의 새로운 개선식을 거행하기를. 그의 덕 가운데 으뜸의 자리를 차지한 자비가 약속합니다. 장차 이것들을 보게 될 것입니다. 다시는 일으켜 세우지 않을 것이라며 그가 저를 내던진 것이 아니며, 아니 그는 저를 내던지기는커녕 운명의 타격으로 인해 쓰러진 저를 받쳐 주고, 신적인 손으로 감싸 절벽에서 추락하는 저를 가볍게 내려놓았습니다. 그는 저를 위해 원로원에 탄원했으니, 저에게 삶을 주기만 한 것이 아니라 저를 위해 삶을 청원하기까지 했습니다.

13. 3 그가 알기를. 그가 원하는 대로 저의 사건을 판단하기를. 그의 정의로움이 선을 꿰뚫어 보기를, 혹은 그의 자비가 선을 만들어 내기를. 그가 저의 결백을 알든, 제가 결백하기를 바라든 저에게는 똑같이 그의 호의가 있을 것입니다.

때때로 비참한 저의 큰 위안은 온 세상에 널리 알려진 그의 동정심을 안다는 것입니다. 그 동정심은 제가 처박혀 있는 이 좁은 곳에도 미쳐, 이미 오래전에 몰락하여 묻힌 많은 사람들을 꺼내 주어 빛을 보게 했으니 저만 지나치지 않을까 하는 걱정은 없습니다. 그런데 그는 각각을 도와야 하는 시간을 잘 알고 있었습니다. 그가 제게 오는 것을 수치스러워하지 않도록 모든 노력을 기울일 것입니다.

13. 4 아 카이사르여, 당신의 복된 자비여, 그 덕분에 얼마 전 가이우스[192] 치하에서 고위직을 지낼 때보다 더 평온하게 당

신 아래에서 추방자로 살고 있답니다. 벌벌 떨지 않고 매시간 칼을 기대하지 않으며, 배가 보일 때마다 두려워하지도 않습니다.

당신 덕분에 운명이 사납게 굴지 않으니, 저는 호의적인 운명에 대한 희망으로 지금의 운명을 평정심으로 받아들입니다. 그것은 아주 정의로운 벼락이며, 얻어맞는다 해도 숭배하게 된다는 것을 당신은 아십니다.

14·1 그러므로 모든 이들에게 공통적으로 위안이 되는 제일인자가 당신의 마음을 회복시켜 주었고, 그렇게 큰 상처에는 더 큰 약을 발라 주었지요. 제가 잘못 아는 것이 아니라면 말입니다.

계속해서 그는 여러 방식으로 당신에게 힘을 주었고, 계속해서 분명하게 기억하며 당신 마음에 평정을 가져다 줄 예를 모두 들려주었으며, 익숙한 말솜씨로 모든 현자의 가르침을 설명해 주었습니다.

14. 2 그러니 이런 위로를 그보다 더 잘해 낸 사람은 없습니다. 그 부분들은 신탁이 나올 때처럼, 말할 때마다 다른 무게를 가질 것입니다. 그의 신적인 권위는 당신의 모든 고통의 힘을 부술 것입니다.

그러니 그가 당신에게 이렇게 말한다 생각하세요. "운명이 너에게만 그렇게 큰 불의를 준 것은 아니다. 온 세상에 이제

껏 통곡하지 않은 집은 없으며, 지금도 마찬가지다. 사소하지만 불행하기는 한 대중의 예는 생략하고 국가의 책력과 연대기[193]로 너를 데려가려 한다.

14.3 너는 카이사르의 응접실을 가득 채운 이 모든 밀랍 두상을 알고 있느냐? 이들은 모두 가족의 불행으로 유명하다. 시대의 장식이 되어 빛나는 이들 가운데 가족을 그리워하며 괴로워하거나, 가족이 너무도 마음 아파하며 그들을 원하지 않는 이 없었다.

14.4 추방 중 동생의 죽음을 전해 들었던 스키피오 아프리카누스[194]를 네게 이야기할 필요가 있을까?[195] 그는 동생을 감옥에서 빼냈지만[196] 운명에서는 빼낼 수 없었다. 아프리카누스가 우애 때문에 법의 공정함을 무시했다는 것은 모든 사람들이 알고 있었다. 또한 그는 동생을 집행관의 손에서 빼낸 그날 호민관에게 사적으로 이의를 제기했다. 그러나 동생을 변호했던 마음만큼 깊이 동생을 그리워했다.

14.5 아버지의 개선식과 두 형제의 장례식을 거의 동시에 본 아이밀리아누스 스키피오[197]를 이야기할 필요가 있을까? 하지만 청년, 아니 소년으로서 그는 로마에 스키피오가 있다는 것을, 카르타고가 로마를 이길 수 없음을 보여 줄 운명을 타고 났다. 그는 사내답게 파울루스의 개선식 즈음 집안이 갑작스럽게 몰락했던 때를 견뎌 냈다.

15. 1 죽음으로 인해 화목함을 빼앗겨 버린 루쿨루스 형제[198]를 이야기할 필요가 있을까? 폼페이우스 형제[199]는 어떤가? 사납게 날뛰는 운명은 그들에게 하나의 파멸로 인해 함께 죽도록 버려두지 않았다. 먼저 섹스투스 폼페이우스는 여동생[200]보다 오래 살았으며, 그녀의 죽음으로 인해 로마의 단단한 평화의 사슬이 풀렸다.

마찬가지로 그는 훌륭했던 형보다 오래 살았으며, 운명이 그의 아버지를 내던진 높은 곳에서 그의 형도 들어 내던져 버렸다. 그러나 이 사건 후 섹스투스 폼페이우스는 고통과 전쟁을 겪었다.

15. 2 죽어서 헤어지는 형제는 셀 수 없지만 함께 나이 드는 형제는 하나도 보기 어렵다. 하지만 나는 우리 가문의 예로 충분하다. 운명이 카이사르 가문의 눈물까지 원한다는 것을 알면서도, 어떤 이에게는 슬픔을 주었다고 불평할 정도로 정신 나간 사람은 없으니 말이다.

15. 3 신과 같은 아우구스투스는 사랑하는 누이 옥타비아를 잃었고,[201] 하늘의 자리를 점지해 준 자연조차 그가 울어야 할 일을 가져가지는 않았다. 그는 오히려 수많은 죽음으로 고통받고, 후계자로 준비했던 누이의 아들[202]도 잃었다. 그의 눈물을 하나씩 세지는 않을 테니, 그는 사위들과 자식들과 손주들을 잃었다.

그는 사람들 사이에 있는 동안 자신이 모든 죽을 수밖에 없는 자들로부터 나온 사람임을 절실히 느끼고 있었다. 하지만 그렇게 많고 큰 슬픔을 모든 것을 포용하는 그의 가슴은 참아 냈으며, 신과 같은 아우구스투스는 인류의 승리자일 뿐 아니라 고통의 승리자이기도 했다.

15. 4 외할아버지인[203] 신과 같은 아우구스투스의 아들이자 손자였던 가이우스 카이사르는 성인이 되자마자 사랑하는 동생 루키우스를 잃었다. 로마 젊은이들의 제일인자[204]인 그는 페르시아 전쟁을 준비하다 역시 로마 젊은이들의 제일인자인 동생을 잃었다. 마음의 상처가 후일 입은 몸의 상처[205]보다 훨씬 더 심각했지만, 그는 그 둘을 우애와 용기로 견뎠다.

15. 5 나의 삼촌인 티베리우스 카이사르는 자기의 동생이며 나의 아버지인 드루수스 게르마니쿠스를 잃었다. 게르마니아에서 가장 깊은 곳으로 쳐들어가, 가장 사나운 종족들을 로마 제국에 굴복시켰던 드루수스를 품에 안고 입 맞추며 보냈다.

그는 자신만이 아니라 다른 이들을 위해 고통을 참았으며, 슬퍼하며 충격에 빠진 군대 전체가 드루수스의 시신을 되찾으려 할 때도 로마의 방식으로 슬퍼하라고, 싸울 때도 슬퍼할 때도 규율을 지키라고 명령했다. 그가 먼저 눈물을 멈추지 않았다면 다른 이들의 눈물을 멈추게 할 수 없었을 것이다.

16. 1 자신을 이겼던 자[206] 외에는 누구 못지않았던 나의 할아버지[207] 마르쿠스 안토니우스는 동생이 죽었다는 소식을 들었다. 공화국의 질서를 바로 세우고 삼두정치의 한 명으로 자신 위에 아무도 없었으며, 두 명의 동료[208]를 빼고는 모두 자기 아래라 생각할 때였다.

16. 2 변덕스러운 운명아, 인간의 불행으로 무슨 장난을 치려 하는가? 마르쿠스 안토니우스가 자기 시민들의 삶과 죽음의 판정자 자리에 앉았던 바로 그때, 마르쿠스 안토니우스의 동생에게는 사형 선고가 내려졌다.[209] 그러나 안토니우스는 다른 모든 고난을 견뎠을 때 가졌던 위대한 정신으로 그 아픈 상처를 참아 냈다. 스무 군단의 피로 동생의 원수를 갚은 것이 그가 슬퍼하는 방식이었다.[210]

16. 3 하지만 다른 모든 예는 지나간다 해도, 나와 관련한 개인적인 죽음에 대해 침묵한다 해도 운명은 내게서 형제를 데려감으로써 두 번[211]이나 공격했으며, 두 번의 공격에도 내가 굴하지 않음을 운명은 알게 되었다.

우애 깊은 형제들이 자신의 형제들을 얼마나 사랑하는지 아는 사람이라면, 동생인 게르마니쿠스를 잃은 내가 얼마나 그를 사랑했는지 깊이 이해할 것이다. 하지만 좋은 형에게 요구되는 의무를 하나도 남겨 두지 않았고, 제일인자로서 비난받을 것은 하지 않을 만큼 나는 내 감정을 잘 다스렸다.”

16. 4 그러니 이것들을 국가의 아버지가 당신에게 말하는 예시들이라 생각하세요. 운명으로 인해 신들의 가문이 될 집안이라 해도 죽음을 나르는 운명은 그들을 가만두지 않으며, 운명에게 신성한 것이나 건드리지 못할 것은 없다는 것을 그가 보여 줍니다.

그러니 아무도 운명에 의해 잔인하게, 불공정하게 일이 진행된다 해도 놀라지 않을 것입니다. 그토록 가차 없이 잔인하게 신들의 자리를 더럽힌 운명이 평범한 사람들의 집안을 공격할 때 공정함이나 절제를 알겠습니까?

16. 5 우리뿐 아니라 모두가 비난해도 운명은 동요조차 없을 것입니다. 운명은 갖가지 간청과 불평에도 상관하지 않고 굳건할 것입니다. 이것이 인간의 일들에서 운명이며, 앞으로도 이것이 과거 운명일 테니까요.

운명은 어떤 것도 감행하지 않고 놔두는 법이 없었으며, 어떤 것도 하지 않고 놔두지 않을 것입니다. 운명은 항상 하던 대로 아주 난폭하게 모든 곳을 통해 갈 것이고, 성소를 통과해야만 들어갈 수 있는 집에도 감히 해를 끼치려 들어갈 것이며, 월계수 잎으로 장식된[212] 집에도 상복을 입힐 것입니다.

16. 6 운명이 아직 인류를 삼켜 버리려 하지 않았다면, 로마인들의 이름을 호의적으로 바라본다면, 국가의 이름으로 간청하고 서약하여 운명으로부터 이것만 받아냅시다. 인간에게

주어진 죽을 수밖에 없는 것들 중 오직 제일인자만은 모든 이들과 함께 운명도 신성하게 여기기를. 운명이 그에게서 자비를 배우고, 모든 제일인자 가운데 가장 온화한 그에게 부드러워지기를.

17. 1 따라서 제가 조금 전 언급한 모든 이들, 말하자면 운명은 하늘에 이미 자리가 있거나 곧 자리 잡을 이들을 바라보면서 우리가 이름을 걸고 맹세하는 대상들도 그냥 두지 않습니다. 그러니 운명이 당신에게 손을 뻗는다면 당신은 평정심을 가지고 견뎌야 합니다. 인간에게 허용된 범위 안에서 신들의 발자취를 따라가며, 당신이 고통을 견디고 극복할 때 그 신들의 굳건함을 본받아야 합니다.

17. 2 다른 것들은 지위나 신분이 달라질 때 차이가 생기지만 덕은 모두에게 동일한 기회를 제공합니다. 덕은 자기 자신이 덕에 합당하다고 판단하는 사람이면 누구든 경멸하는 법이 없습니다. 이런 사람들은 불행에서 벗어나지 못함을 분노하면서도 이런 불행은 누구나 겪는 운명이라 생각합니다.

또한 닥친 일에 너무 무관심하거나 냉정하지 않으면서도 연약하고 과민하게 대하지 않으니 당신은 이런 사람들을 잘 본받으세요. 실로 불행을 느끼지 않는 사람은 인간이 아니며 견뎌 내지 못하면 사내가 아닙니다.

17. 3 운명이 형제와 누이들을 빼앗아 간 카이사르 가문 사람들을 모두 언급했으나, 나는 모든 카이사르 가문 사람들 중에서도 그를 빼놓을 수 없습니다. 그는 바로 자연이 인류를 모욕하고 멸망시키려고 낳은 카이사르[213]입니다. 그로 인해 제국이 죄다 불타고 무너졌지만 온화한 제일인자의 자비로 살아남았습니다.

17. 4 가이우스 카이사르는 누이인 드루실라[214]가 죽었을 때 슬퍼하기는커녕 기뻐했으며, 시민의 눈과 입을 피해 누이의 장례식에 참석하지 않았고, 누이를 추모하기는커녕 알바롱가의 집에서는 주사위 놀이를, 시장에서는 노름에 빠져 비통한 장례식의 고난들을 가볍게 지나갔습니다. 제국의 수치여! 누이를 애도하는 로마의 제일인자에게 노름이 위안이었다니!

17. 5 위안을 위해 가이우스는 광기와 변덕을 부리며 때로는 수염과 머리카락을 그냥 두었고, 때로는 이탈리아와 시킬리아 해변을 돌아다녔습니다. 그가 누이를 애도하려 했는지 숭배하려 했는지는 분명하지 않습니다.

어쨌든 누이를 위해 사당과 신전을 지을 때 사람들이 별로 슬퍼하지 않는다며 그들을 잔인하기 짝이 없이 처벌했습니다. 행복을 자랑하며, 인간이라면 지키는 선을 넘어설 정도로 오만했던 그는 절제하지 않고 불행의 공격을 견디려 했습니다.

17. 6 모든 로마의 남자들에게 그의 사례는 멀리하게 하세

요. 슬픔을 적절치 못한 놀이를 통해 잊거나, 상복을 흉하게 입어 슬픔을 부추기거나, 타인에 대한 고통을 즐기는 인간적이지 못한 위안으로부터 말입니다.

18.1 그런데 당신은 분명 학문을 사랑하기로 했으니 습관을 바꿀 필요는 없습니다. 학문은 행복을 가장 크게 만들고 불행은 줄이며, 사람에게 가장 큰 자랑이자 위안이기 때문이지요. 그러니 이제 학문에 충실하고 영혼의 성벽과 같은 학문으로 스스로를 둘러싸세요. 고통이 당신에게 침입할 곳을 찾아내지 못하도록 말입니다.

18.2 기록을 통해 동생이 오래도록 기억에 남게 하세요. 인간의 업적 가운데 기록만이 시간의 해를 입지 않고, 세월로 인한 부식을 피해 간답니다. 돌로 만든 건물이나 대리석 건축물, 흙을 쌓아 만든 무덤은 그것들조차 사라져 버리기 때문에 기억도 오래가지 못합니다.

하지만 재능은 기억 속에 영원히 남습니다. 동생을 아낌없이 기억하세요. 그를 기억에 간직하세요. 공연히 그에 대해 슬퍼하고 애도하기보다 영원히 지속될 당신의 재능을 통해 그를 불멸의 존재로 만드는 것이 낫습니다.

18.3 지금은 당신 앞에서 운명을 방어할 수 없으나 ── 운명이 빼앗아 간 것 때문에 운명이 우리에게 준 모든 것에 화를

내는 격입니다. ─ 시간이 지나 당신이 공정하게 판단할 수 있을 때는 운명을 변호해야 합니다.

그제야 당신은 운명과 화해할 수 있을 거예요. 운명은 손해를 감수할 만한 많은 것을 주었고, 보상을 위해 많은 것을 줄 것입니다. 운명이 이전에 당신에게 주었던 것을 당신에게서 빼앗은 겁니다.

18.4 그러니 당신 자신에게 맞서 재능을 사용하지 말고 고통에 머무르지도 마세요. 당신의 언변은 중요하지 않은 것을 중요하게 만들고, 중요한 것을 사소한 것으로 만들 수도 있습니다. 하지만 그 힘은 다른 기회를 위해 아껴 두고, 지금은 당신의 말솜씨가 당신에게 위안이 되게 하세요. 또한 이런 것도 쓸모없는 것은 아닌지 주의하세요. 자연이 우리에게 무엇인가 요청할 때 우리는 허영심 때문에 더 많은 것을 내놓습니다.

18.5 하지만 나는 당신이 결코 슬퍼해서는 안 된다고 요청하는 것은 아니에요. 확고하다기보다 둔감한 지혜를 가진 사람들이 현자도 고통스러울 수 있음을 부정한답니다. 제가 생각하기에 그들은 그런 식의 불행에 빠져 본 적이 전혀 없어요. 그렇지 않았다면 운명은 그들에게서 오만한 지혜를 빼앗고, 심지어 그들이 원하지 않아도 진리를 고백하도록 몰아갔을 거예요.

18.6 과도하게 넘치는 고통을 제거하는 것만으로도 이성

은 충분히 제 일을 한 것입니다. 어떤 고통도 전혀 용납하지 않는 이성을 바라거나 욕망해서는 안 됩니다.

오히려 적대심도 광란도 모방하지 않고, 우리에게 우애 넘치고 평온한 마음을 유지하게 할 이 중용을 보존하기를. 눈물이 흐르게 하되 멈추게도 하세요. 가슴 깊이 통곡하되 똑같이 그치게도 하세요. 현자들이나 형제들에게 인정받을 수 있도록 당신의 영혼을 다스리세요.

18.7 동생에 대한 기억과 자주 마주치세요. 대화하며 그를 자꾸 언급하고, 계속해서 그를 기억하며 떠올리세요. 그것은 당신이 그에 대한 기억을 슬픈 것이 아니라 즐거운 것으로 만들 때 가능한 일이니까요. 항상 슬픔을 통해 바라보는 대상에서 마음이 멀어지는 것은 당연합니다.

18.8 그의 절제를 생각하세요. 그의 능력을, 그의 근면을, 그의 말에 대한 신뢰를 생각하세요. 그의 모든 말과 행위를 다른 사람들에게 이야기하고 스스로 떠올리세요. 동생이 어떤 사람이었으며, 어떻게 될 거라 기대했는지 생각하세요. 당신의 동생에게 온전히 약속될 수 없었던 것이 무엇이 있겠어요?

18.9 오래된 무기력함으로 인해 둔하고 무감각한 마음이지만, 이 편지를 할 수 있는 한 최선을 다해 썼습니다. 혹여 이 편지가 당신의 재능에 답하지 못하거나 고통을 치유하기 힘들다 여겨진다면 고난에 빠져 다른 사람을 위로할 여유가 없음

을 고려해 주시기를. 교양 있는 이방인들조차 힘들어하는, 도처에 울리는 이방인들의 쇳소리로 둘러싸인 제가 라틴어 단어를 떠올리기 쉽지 않음을 고려해 주세요.

주(註)

마르키아에게 보내는 위로

1   여기서 '덕'은 남성다움이라고 보는 편이 좋겠다. '덕'으로 번역한 virtus는 vir로부 터 나온 단어로, 앞서 여성의 유약함과 대비되는 개념으로 볼 수 있기 때문이다.

2   역사가 아울루스 크레무티우스 코르두스는 내전을 다룬 『연대기(Annales)』를 저술 했다. 그 작품에서 코르두스는 카이사르를 살해한 브루투스와 카시우스를 칭찬했기 때문에 서기 25년 세야누스의 피호민이었던 사트리우스 세쿤두스와 피나리우스 나 타로부터 고발당했다. 타키투스가 『연대기』에서 전하는 바로는 코르두스가 사형 선 고를 받았으며, 죽은 후 작품들은 불태워졌으나 몇 개는 살아남았다고 한다.

3   37년 칼리굴라가 즉위했던 때를 뜻한다.

4   당시 사람들은 저술이 저자에게 영원을 부여한다고 생각했다.

5   여기서 왜곡되었다고 표현하는 것은 본성에 어긋난 모습이기 때문이다. 세네카는 자신의 비극 『튀에스테스』 953행에서 "가련한 자에게는 눈물 흘림이라는 추한 쾌락 이 있다."라고 말한다. 이 역시 본성에 어긋난 일이기 때문에 추하다(dira)고 표현하 는 것으로 보인다.

6   위안 문학에서 빈번하게 등장하는 토포스다.

7   마르쿠스 클라우디우스 마르켈루스는 아우구스투스의 조카로, 그의 딸인 율리아와 결혼했으며 스무 살이 안 되어 23년에 죽었다. 베르길리우스가 『아이네이스』 6권 말미에 그에 대한 애도를 표하고 있다.

8   엄밀하게 말하자면 자신의 아들인 마르켈루스에게 넘어가기로 되어 있었다고 하는 것이 맞겠다. 아우구스투스는 아들이 없었고 마르켈루스에게 권력을 넘길 예정이었 다. 후에 리비아의 아들인 티베리우스를 선택했다.

9   네로 클라우디우스 드루수스(BC38~AD9). 리비아의 아들로 형인 티베리우스와 함

께 아우구스투스에게 입양되었다. 게르마니아에서 수많은 전투를 승리로 이끌어 게르마니쿠스라는 콩노멘(cognomen, 별칭)까지 얻었으나 낙마하여 9년에 죽었다.

10 즐거워하는 모습의 아들을 떠올리기 위해서는 스스로가 슬픈 마음을 가져서는 안 된다는 의미다.

11 타키투스에 따르면 아우구스투스 사후에 리비아가 갖게 된 이름이라고 한다. 『연대기』1권 8장 참조.

12 아레이오스 디뒤모스. 알렉산드리아 출신의 스토아 철학자로 아우구스투스에게 조언하는 역할을 했던 것으로 보인나. 난변늘 몇 편이 남아 있다.

13 드루수스를 가리킨다.

14 세네카 자신도 이처럼 하겠다고 어머니에게 약속했다. 「어머니 헬비아에게 보내는 위로」18장 참조.

15 섭리에 따른 불행은 강인한 정신의 시험대라 볼 수 있다. 세네카는 『섭리에 관하여』에서 긴 분량을 할애하며 '죄 없는 자들이 왜 고난을 겪는가.' 하는 문제에 대한 해답으로 섭리에 따른 불행을 언급하고 있다.

16 살아 있는 아들은 티베리우스이며 죽은 아들에게서 난 손자는 기원후 19년에 서른네 살의 나이로 죽음을 맞는 게르마니쿠스다.

17 라틴어로 sui라는 말은 가족만이 아니라 친구나 동료, 노예나 클리엔테스(귀족에게 예속된 신분) 등 자신과 관련되어 있는 다양한 집단을 위해 사용되는 용어다. 여기서는 맥락에 따라 가족, 식솔, 친구 등으로 번역하였다.

18 하지만 세네카 자신은 『도덕 서한』 63장 14절에서 친구인 안나이우스 세레누스가 죽었을 때 "대단히 부적절하게(tam immodice)" 슬퍼했음을 고백하면서 슬픔에 잠식당한 사람의 예에 속한다고 말하고 있다.

19 19장에서 세네카는 멀리 떨어지게 되었다 해서 슬퍼하지 않는다고 말하고 있으나, 대체로 학자들은 본문에서 나오는 괴로움(morsus)은 고통(dolor)에 비해 큰 감정이 아니라는 점에서 모순이라 보지는 않는다.

20 opinio는 보통 철학에서 독사(doxa)라 하는 것으로 '의견'으로 종종 번역하는 단어다. 사변적이든 실제적이든 잘못의 근원이 되는 잘못된 판단을 의미한다.

21 키케로가 의지의 요소라 말하는 것을 지칭하며, 자신이 그러기로 한 만큼을 말한다.

22 레이놀즈는 야심(ambitio)으로 읽고 있으나 여기서는 문맥상 맞지 않는다고 판단, 트라이나의 의견을 반영하여 좌절(abjectio)로 보았다.

23 dolorem dies longa consumit. 직역하자면 '오랜 날들은 고통을 삼킨다.'라는 뜻으로 희극 작가인 테렌티우스나 세네카 자신이 종종 쓰던 격언이었다고 한다.

24 『도덕 서한』 63장 12절에서 비슷한 의미로 "고통에게 버려지기보다 고통을 떠나는 것이 낫다."라고 말하는 대목을 찾을 수 있다.

25 우아함은 단순하게 아름답다는 것이 아니라 도덕에 따르는 삶의 선택이라는 윤리적 의미로 보아야 한다.

26 이 부분의 해석은 트라이나의 교감주를 따랐다.

27 세네카가 자신의 『도덕 서한』 76장 34절, 78장 29절에 등장시키기도 하듯 자주 변용하며 언급하는 격언이다. 후대 사람들도 자주 썼던 격언으로 단테 역시 "예견된 화살은 천천히 날아온다."라고 말하기도 했다.

28 카이사르와 동시대 시인인 푸블릴리우스 시루스(BC85-?)의 시구다. 세네카는 자신의 여러 작품들에서 이 시인의 말을 자주 언급하고 있다.

29 여기서 '현관'으로 번역한 vestibulla는 거리와 집 대문 사이의 확장된 공간을 말한다. 아침마다 이곳에서 피호민들(clientes)은 보호자(patronus)에게 문안 인사를 한다.

30 사용하면서 이익을 얻을 수 있는 권리를 뜻한다.

31 아이들이 누리지 못하게 하라는 것이 아니라 아이들로부터 기쁨을 구하라는 의미다. 바로 아래에 등장하는 '빼앗음'이라는 말과 일맥상통하는 내용으로 세네카가 새롭게 만들어 낸 표현이다.

32 적들이 쳐들어올 때 진지에 있는 병사들이 놀라 외치는 소리로 살아남은 사람들의 고통스러운 외침을 상징한다.

33 『도덕 서한』 91장 16절에서 세네카는 "모든 재는 같다."고 말하고 있다.

34 델포이의 아폴론 신전에 새겨진 경구로 예전부터 다양한 맥락으로 사용되어 왔다. 키케로의 경우에는 우리 영혼 안에 신적인 어떤 요소를 깨달아야 한다는 식으로 이 경구를 사용했다. 하지만 여기서 세네카는 모든 것은 결국 죽는다는 위안에서 자주 사용되는 토포스의 기능과 더불어 이 문구를 사용하고 있다.

35 인간이 울면서 태어난다는 것은 고대 비관주의에서 공통적으로 드러나는 생각이다. 루크레티우스나 대(大)플리니우스 등이 이러한 사고를 보여 주며 세네카 역시 자신 의 저서 여러 곳에서 이런 생각을 확인해 준다.

36 기원전 82년경부터 술라가 스스로에게 붙인 '행운아(felix)'라는 별명을 암시하는 말이다.

37 스스로를 지나치게 높이는 행위는 신들로부터 미움을 받는 원인이 된다. 세네카는 아마도 술라 역시 이 부분에서 휘브리스(방종)의 죄를 범할 정도로 오만했다고 판단 하는 것으로 보인다.

38 아마도 세네카 역시 술라의 예를 드는 데 있어 내키지 않는 측면이 있다. 세네카는 다른 작품에서 술라를 잔혹한 인물로 여러 번 떠올린다.

39 크세노폰을 가리킨다. 그의 아들인 그륄루스는 기원전 362년 만티네아 전투에서 죽 었으며 후대의 작가들은 이 일을 자주 칭송해 왔다.

40 마르쿠스 호라티우스 풀빌루스에 대한 이 예시는 리비우스의 작품에서도 이미 등장 한 바 있다. 그리스에만 그런 인물이 있었던 것이 아니라는 것을 보여 주기 위해 자 주 사용되는 예다.

41 루키우스 아이밀리우스 파울루스(BC229-160)는 기원전 168년 마케도니아의 마지 막 왕인 페르세스에게 승리한 장군이다. 퀸투스 파비우스 막시무스 아이밀리우스와 푸블리우스 코르넬리우스 스키피오 아이밀리우스는 양자로 보냈으며 그 둘은 후에 카르타고와 누만티아를 멸망시킨다. 또한 그보다 어린 아들 둘은 개선식 앞뒤로 죽 었다. 이 두 아들은 원래 파울루스의 전차에 함께 타고 개선식에 왔어야 했다. 여기 서 세네카는 감정을 극대화하기 위해 시간을 압축하고 있는 것으로 보인다.

42 마르쿠스 칼푸르니우스 비불루스와 가이우스 율리우스 카이사르는 기원전 59년 서 로 반대파에 속해 있던 집정관이었다.

43 비불루스의 아들들은 비불루스가 쉬리아의 총독직을 맡고 있을 때 죽었다.

44 전하는 바에 따르면 쉬리아의 전 총독이던 가비니우스가 이집트에 보냈던 병사들이 라 한다.

45 역사가 수에토니우스에 따르면, 동료 집정관인 카이사르가 법을 제정하는 것을 막 기 위한 시도로 그는 신탁을 기다린다 하며 집에서 1년 동안 나오지 않았다. 이런 식

의 자존심 싸움은 꽤 일반적이었던 것으로 보인다.

46 영국, 당시 브리타니아는 바다 건너에 있었기 때문에 바다를 건너 그곳으로 가려는 시도 자체가 무모한 것으로 받아들여졌다.

47 카이사르의 딸 율리아는 기원전 54년에 죽었다. 기원전 59년에 율리아가 폼페이우스와 결혼하며 맺어진 동맹 관계가 이 죽음으로 인해 약해졌다는 것이 중론이다.

48 폼페이우스의 별칭이 '위대한(magnus)'이었다. 물론 세네카는 『도덕 서한』 94장 64절에서 그가 잘못된 위대함을 미친 듯 원했다고 이야기하고 있다.

49 유일한 딸이었던 율리아를 가리키는 것은 아닌 것이, 그녀는 아우구스투스가 죽은 후 세상을 떠났다. 그녀의 아들들인 아그리파, 가이우스, 루키우스 카이사르는 아우구스투스에게 입양되었으나 기원후 2년이 되기 전에 모두 죽었다. 뿐만 아니라 여기서 말하는 손자들에는 자신의 누이인 옥타비아의 아들 마르켈루스도 포함된 것으로 보인다.

50 아내인 리비아의 아들 드루수스와 티베리우스가 아우구스투스의 친아들이 아니라 입양된 아들들이다.

51 티베리우스의 아들 드루수스는 23년에 죽었으며, 양자인 게르마니쿠스는 19년에 죽었다.

52 티베리우스는 당시 대제관이었으며, 제관들은 부정 타지 않도록 시신을 볼 수 없었다.

53 세야누스는 당시 야심이 큰 정치가였으며 결국 티베리우스에게 목숨을 잃게 된다. 여기서 세네카는 perdere라는 단어를 '잃어버리다'와 '파멸시키다'의 중의적 의미로 사용하면서 가족이 죽었다는 의미와 누군가가 공격했다는 내용을 모두 담고 있다.

54 오만왕이라 불리던 타르퀴니우스의 아들이 루크레티아를 겁탈한 후, 루크레티아는 그녀의 남편과 아버지에게 그 사실을 알리려 자살했다. 그녀의 죽음으로 브루투스는 폭동을 일으켜 타르퀴니우스를 왕의 자리에서 끌어내리고 기원전 509년에 공화정을 세웠다.

55 에트루스키의 포르센나에게 포로로 잡혔으나 탈출하여 티베르강을 헤엄쳐 건넜다.

56 둘 다 평민 호민관을 지내면서 개혁적 성향을 드러냈으며 정적들로 인해 각각 기원전 133년과 121년에 살해당해 티베르강에 던져졌다.

57 마르쿠스 리비우스 드루수스는 기원전 91년 호민관으로 그라쿠스 형제의 정치적 염

원의 계승자였으며 같은 해에 살해당했다. 『인생은 왜 짧은가』의 6장 2절에서 세네카는 또 다른 전승에 따라 드루수스가 자살했다고 언급한다.

58 베르길리우스의 『아이네이스』 3권 418행에서 가져온 말이다. 세네카는 『자연의 탐구』 6권 30장 3절에서도 "가장 위대한 시인들이 칭송했던 지진으로 인해, 시킬리아가 이탈리아로부터 떨어져 나갔다."라고 말하고 있다.

59 키케로는 『베레스 연설』 4장 118절에서 아레투사에 대해 다음과 같이 묘사하고 있다. "섬의 한 지점에 달콤한 물이 나오는 샘이 있는데 이름하여 아레투사다. 믿을 수 없이 크고 물고기들이 넘치며 제방으로 바나를 막지 않았다면 파도로 덮였을 것이다."

60 『자연의 탐구』 3권 26장 5절에서 세네카는 이 현상이 아카이아의 강인 알페우스에서 일어나는 것이며, 바다 아래로 통과한 물이 시라쿠사의 해안으로 솟아난다고 전한다.

61 키케로는 『베레스 연설』 4장 117절에서 실제로 항구 두 개가 있었다고 전하고 있다.

62 기원전 415년에서 413년에 알키비아데스가 이끌었던 원정이었으나 침몰되어 많은 아테네인들이 사로잡혔다.

63 오르튀기아, 아크라디네, 튀케, 네아폴리스, 에피폴리스 등의 도시들이 30킬로미터 반경에 퍼져 있었다.

64 디오뉘시우스 2세는 기원전 367년에서 357년에 시라쿠사의 참주였다. 추방당한 후 다시 복귀를 시도했지만 실패로 돌아갔으며 플라톤을 두 번이나 초청하기도 했다. 이후 코린토스의 학교 선생이 되었으며, 운명의 뒤바뀜이라는 말이 딱 들어맞는 인물이다.

65 쉬라쿠사이로 향하는 여행을 말한다.

66 스토아적 정의로 크뤼시포스가 주로 언급하는 내용이다. 우주에 관해서는 키케로가 『신들의 본성에 관하여』에서, 세네카는 『여가에 관하여』에서 언급한 바 있다.

67 낮과 밤의 길이는 계절에 따라 달라지므로 같다는 표현을 사용하지 않는다.

68 수성, 금성, 화성, 목성, 토성은 이미 고대에 알려져 있었다. 세상과 반대로 돈다는 것은 아마도 다른 별들이 서쪽으로 움직이지만 저 별들은 동쪽으로 이동하는 것을 두고 하는 말로 보인다.

69 땅이 바다로 둘러싸여 섬처럼 보이는 곳으로(키케로의 『국가론』 6권 21장), 육지 쪽

으로 들어온 바다가 관통하는 지역을 그리고 있다. 세 바다란 지중해와 홍해, 페르시아만을 가리킨다.

70 눈이 좋지 않아 "작은 생쥐"라 불리던 물고기들을 따라간다고 믿었던 고래 무리와 돌고래, 향유고래를 말하는 것으로 보인다.

71 옛날 사람들은 악천후가 전염병의 원인이라고 생각했다. 수사학자 퀸틸리아누스는 『연설가 교육』 7권 2장 3절에서 "전염병이 돈다면 신들의 노여움 때문이거나 악천후, 혹은 물 때문이거나 땅의 독이 올라온 것이다."라고 말하고 있다.

72 자식이 없는 노인들에게 소송을 거는 유산 사냥꾼들에 대한 비유다.

73 세네카는 『도덕 서한』 82장 16절에서 '그건 모두 꾸며낸 이야기일 뿐, 죽은 자들에게 두려워할 것들은 아무 것도 없다.'라고 말하고 있다.

74 불의 강은 플레게톤, 오블리비오는 희랍어로 레테(망각의 강)를 가리키며, 심판관은 미노스와 라다만토스, 폭군은 프로세르피나(페르세포네)를 아내로 둔 플루토(하데스)를 뜻하며 그리스 신화에 등장하는 명칭들이다.

75 유명한 에피쿠로스 학파의 논리를 따라가고 있다. 루크레티우스의 『자연의 본성에 관하여』 3권 830행 이하 참조.

76 기원전 48년 파르살루스 전투에서 패배한 후 폼페이우스는 이집트로 도망쳤는데 그곳에 상륙했을 때 지방 총독에 의해 살해당했다.

77 파르살루스 전투 두 해 전에 발생했다.

78 키케로는 기원전 43년에 반역죄로 죽었다. 기원전 63년에 카틸리나의 난을 평정하며 국부라는 명칭을 얻었으며, 그의 딸은 45년에 죽었다.

79 퀴프로스섬은 프톨레마이오스 2세로부터 기원전 80년에 로마에 양도되었으며 기원전 58년에 합병되었는데, 당시 감독관이 카토(소(小)카토)였다. 카토는 기원전 46년에 폼페이우스의 군대가 패배한 후 카이사르에게 용서를 구하느니 차라리 죽겠다며 자살했다.

80 우주의 영원한 파괴와 생성이 반복되는 커다란 순환들을 말한다.

81 세네카는 아마 여기서 인간의 삶이 얼마나 오래가는지, 얼마나 훌륭한지에 대해 평가절하하며 상대적으로 중립적인 입장을 취하는 것으로 보인다.

82 스토아의 운명론은 섭리에 따르는 것으로 목적론이라 부를 수 있으며, 틀어지지 않

는다.

83 베르길리우스의 『아이네이스』 10권 472행.

84 매일 죽는다는 주제는 세네카가 『도덕 서한』 24장 20절에서 논하는 바이기도 하다.

85 과거를 확실하게 소유한다는 것은 에피쿠로스의 주제이며, 세네카는 『호의에 관하여』 3권 4장 2절에서 에피쿠로스를 언급하면서 이 주제를 나타내기도 했다.

86 푸블리우스 루틸리우스 루푸스는 기원전 105년 집정관을 지낸 정치가이자 스토아의 철학자로 기원전 92년(94년이라는 이야기도 있다.) 소아시아에서 세금 포탈 혐의의 누명을 쓰고 추방당했다.

87 원래대로 돌아간다는 개념은 스토아에서 사용하던 말은 아니며 법 용어를 빌려다 쓴 것으로 보인다.

88 그리스 신화에 등장하는 실레노스가 했다는 말이다. 키케로의 『투스쿨룸 대화』 1권 114장 참조.

89 자유민에게 보호인(파트로누스)이 주는 선물로 자연물이든 돈이든 상관없었던 것 같다.

90 여기서는 티베리우스를 가리킨다.

91 기원전 55년 폼페이우스가 세운 극장으로 캄푸스 마르티아누스 가장자리에 있었으며 기원후 22년에 파괴되었다. 세야누스 동상에 대한 원로원 결의에 관해서는 타키투스의 『연대기』 3권 72장 참조.

92 이렇게 행동한 이유는 아마도 선고가 있기 전에 피고가 죽으면 고발자 자신들은 아무런 보상을 받지 못하기 때문인 것으로 보인다.

93 영혼이 몸을 얽매던 올가미로부터 벗어나 자신의 기원으로 돌아간다는 식의 운명에 관한 주제는 플라톤에 뿌리를 두고 있다. 세네카는 동일한 내용을 「어머니 헬비아에게 보내는 위로」나 『자연의 탐구』에서도 언급하고 있다.

94 플라톤의 『파이돈』 64a, 67d-e, 81a 참조.

95 파피리우스 파비아누스는 이른바 섹스투스 학교(스토아와 피타고라스 사이의 어디쯤 위치한 학파)의 일원인 철학자라 알려져 있다. 세네카에게 깊은 영향을 주었다고 전해지는데, 세네카는 『도덕 서한』에서 그에 대해 종종 언급하며 심지어 키케로, 폴리오, 리비우스 다음에 언급하는 경우도 있다.

96 플라톤적인 인간상은 고유한 영혼을 가지고 스스로를 확인하는 것이다.

97 아마도 기독교에서 종종 사용하는 것처럼 '고깃덩이(caro)'라는 말을 영혼에 반대되는 의미로 사용한 것은 세네카가 처음일 것이다. 대부분은 몸(corpus)을 사용해 왔다.

98 달 아래 하늘을 말하는 것으로 그 후 불타는 에테르로 이어진다.

99 원문에는 비어 있는 곳으로 후대 편집자들이 추정한 내용이다.

100 쉬르테스는 북아프리카 연안의 사구로, 항해자들이 반드시 피해 가는 곳으로 알려져 있었다.

101 아마도 키케로의 죽음을 염두에 둔 내용으로 보인다.

102 우리가 사는 땅은 우주를 중심에 놓고 볼 때 멀리 떨어져 있는 곳일 뿐이다.

103 불을 통해 우주가 소멸되는 것으로 대화재, 엑퓌로시스(ekpyrosis) 혹은 콘플라그라티오(conflagratio)라 부른다. 이를 통해 우주는 한 번의 순환을 끝내고 새로운 순환을 시작한다는 스토아의 개념이다.

헬비아에게 보내는 위로

104 이처럼 의학적인 개념을 정신적인 부분에 처음으로 적용한 것은 세네카가 처음이다.

105 세네카가 자주 보이는 생각으로 행복이 시간이 지나면 부식된다고 여긴다.

106 39년에서 40년 사이에 죽었다는 것 외에 알려진 정보는 없다.

107 루키우스 안나이우스 세네카를 말한다. 코르도바 출신으로 보통 '대(大)', '수사학자' 등의 별칭을 붙여 아들 세네카와 구분한다. 에스파냐에서 39년에서 40년 사이에 죽었다.

108 첫째는 안나이우스 노바투스로 후에 유니우스 갈리오에게 입양되어 갈리오라는 이름을 쓰는 정치가가 된다. 51년부터 52년에 그리스 지역의 총독으로 있을 때 바울과 히브리인들의 다툼을 중재하라는 요구를 거부했다. 세네카는 그에게 『화에 대하여』, 『행복한 삶에 대하여』를 헌정했다. 둘째는 안나이우스 멜라로 루카누스의 아버

지다. 세네카의 죽음에 휘말려 66년에 죽었다.

109   이 손자들에 대해서는 명확하지 않다. 세네카의 아들이 포함된 것인지도 불분명하다.

110   이 아들 역시 분명한 것이 없으며, 그의 어머니인 세네카의 첫 부인에 대해서도 별다
       르게 알려진 바가 없다.(두 번째 부인은 파울리나였다.) 죽은 이유에 대해서도 세네
       카는 따로 언급한 적이 없다.

111   스토아 학파의 아우타르케이아(autarkeia)라는 자기 만족 상태를 풀어 쓴 부분으로
       볼 수 있다. 또한 이런 문제를 볼 때 키케로의 영향을 많이 받았음을 알 수 있다.

112   '대중(populus)'은 '인민' 이리고도 번역하지만, 어기서는 세네카의 귀속수의적 현
       자가 보기에 부정적인 의미를 담고 있다고 봐야 한다.

113   스키아투스는 에게해의 섬으로 에우보이아 북쪽에 위치해 있으며, 세리푸스와 귀아
       루스는 에게해의 퀴클라데스 제도의 섬이고, 코수라는 시칠리아와 아프리카 사이에
       위치한 작은 섬이다.

114   세네카가 유배되었던 코르시카를 가리킨다.

115   「마르키아에게 보내는 위로」 18. 3 참조. 옛날 사람들에게 태양은 별과 비슷한 것이
       아니라 행성들과 비슷하게 여겨졌다.

116   황도 12궁을 말한다.

117   세네카는 『인생은 왜 짧은가』 10장 6절에서 "하늘과 별들의 지치지 않은 운동은 결
       코 한 지점에서 멈추지 않는다."라고 말하고 있다.

118   알렉산드로스 대왕의 원정 결과다.

119   에트루리아인들을 가리킨다. 이탈리아 북부에 거주하는 사람들로 헤로도토스에 따
       르면 아시아의 뤼디아로부터 왔다 하나 논란의 여지가 있다.

120   이야기를 길게 했다는 내용과 사람들이 긴 거리를 이주했다는 내용을 섞어 말하고
       있다.

121   트로이아의 왕자였던 아이네이아스를 가리킨다.

122   여기서 포키스는 그리스 중앙에 있는 지역이 아니라 이오니아 지역의 도시 포카이아
       를 가리킨다.

123   아마도 살루스티우스의 소실된 작품인 『역사』에서 가져온 정보로 보인다.

124   스페인 북부에 살던 민족.

125 둘 다 소아시아 해안에 있었으며 마리우스는 기원전 100년에 마리아나를, 술라는 기원전 82년에서 80년 사이에 알레리아를 건설했다 한다.

126 마르쿠스 테렌티우스 바로. 기원전 116년에 태어나 기원전 27년에 죽었으며 당대 가장 뛰어난 학자로 알려져 있었다. 그가 언급한 내용은 소실된 작품에 들어 있었다 한다.

127 카이사르의 암살자로 유명한 그 브루투스다.

128 만들어 내는 사람이라는 개념을 이전에는 사물을 만든다든지 세상을 만든다는 개념으로는 사용했으나, 여기서처럼 '창조자'라는 개념으로 사용한 것은 세네카가 처음이다. 이후 기독교에서 이 개념을 따라 사용하게 된다.

129 큰곰자리처럼 북쪽 하늘에서 도는 별들을 말한다.

130 볕이 들어가지 못하게 만든 피서용 동굴을 가리킨다.

131 초가 지붕이 얹어진 갈대 움막에 로물루스가 살았다고 전해진다. 두 개로 하나는 팔라티움 언덕에, 하나는 카피톨리움 언덕에 있었다. 이 움막이 로마의 보잘것없는 시작을 상징하는 곳이라 하여 보존했다고 한다.

132 마르쿠스 클라우디우스 마르켈루스는 기원전 51년에 집정관이었으며 카이사르 반대파였다. 파르살루스 전투 후 스스로 뮈틸레네의 레스보스섬에서 추방 생활을 하였으며, 브루투스는 기원전 47년에 그를 방문했다. 추방에서 돌아오던 중 아테네에서 암살당했다.

133 브루투스는 완벽한 스토아인이라 불리던 카토의 조카였다.

134 카이사르는 당시 기원전 58년에서 49년까지 갈리아 원정 중이었다.

135 폼페이우스가 도움을 청하기 위해 이집트에 상륙했을 때 프톨레마이오스가 그를 배신하고 죽이는 바람에 카이사르의 입장이 난처해지기도 했다.

136 카우카수스산에서 시작하여 흑해로 흘러가는 강의 이름으로 아시아와 유럽의 경계를 이룬다.

137 기원전 53년 카라이 전투에서 파르티아인들에게 패배하여 아들이 전사한 크라수스와 관련된 내용이다.

138 세네카가 가장 증오하는 황제인 칼리굴라를 가리킨다.

139 마르쿠스 아틸리우스 레굴루스를 생각하게 하는 내용이다. 그는 1차 포에니 전쟁의

영웅으로 카르타고에 포로로 잡혔다가 기원전 250년에 카르타고와 로마의 평화와 포로 교환을 주선하겠다며 풀려나 로마로 돌아갔다. 하지만 로마 원로원에게는 그 요구를 거부하라 이르고 카르타고로 돌아가 죽임을 당했다.

140 마니우스 쿠리우스 덴타투스는 기원전 290년부터 273년까지 세 번 집정관 자리에 올린 인물로 사비니족과 삼니움족을 정복했다.

141 마르쿠스 가비우스 아피키우스(BC25-AD37)는 티베리우스 황제 시절의 인물이다. 워낙 먹을 것을 좋아하여 그의 이름은 후에 대식가의 대명사가 되었다. 4세기 무렵의 요리책이 아피키우스 이름이 붙어 전해시는 것도 있다고 한다.

142 에피쿠로스의 유명한 격언이다.

143 손을 가져다 댄다는 것은 채권자가 소유한 부분을 탈취한다는 의미다.

144 가상의 가난 놀이로 부자들이 가난한 사람이 되어 즐기는 상황이다.

145 기원전 503년 집정관이었다. 유명한 우화의 저자이기도 해서 그걸로 평민들이 귀족들의 연합으로부터 이탈하지 않도록 설득했다. 리비우스는 평민들이 그의 장례를 위해 모금을 했다고 언급하기도 한다. 리비우스의 『로마사』 2권 33장 11절 참조.

146 10장 참조.

147 기원전 255년.

148 기원전 216년에서 211년에 벌어진 카르타고와의 전쟁에서 죽은 그나이우스 코르넬리우스 스키피오의 딸 하나로 알려져 있다. 자마 전투에서 승리했던 푸블리우스 코르넬리우스 스키피오의 딸들은 국고에서 지참금을 받은 적이 없다.

149 오래된 로마 동전을 가리키며 무게는 약 200그램 정도로 알려져 있다.

150 조상들의 밀랍 두상들은 지금으로 따지면 족보와 같이 고귀한 집안임을 증명하는 역할을 했다.

151 세네카가 만들어 낸 말로 그는 이 말에 대해 『현자의 항상심에 관하여』 3장 2절에서 다음과 같이 정의하고 있다. "상처 입지 않는다는 것은 얻어맞지 않는다는 것이 아니라 다치지 않는다는 것이다." 이는 스토아의 아파테이아로 표현되기도 한다.

152 기원전 404년으로 아테네에서 펠로폰네소스 전쟁 후 아테네를 통치하던 과두정을 가리킨다. 이때 소크라테스는 목숨이 달려 있었음에도 그들의 명령에 복종하기를 거부해 이런 태도가 스토아적 아타락시아(원래 스토아의 개념은 아파테이아이다.)의

본보기로 사용되기도 했다.

153 법무관에는 기원전 55년, 집정관에는 기원전 51년에 떨어졌다.

154 양털로 되어 있으며 제관이 주로 착용했다.

155 아테나이의 정치가로 정의 그 자체라 불리던 사람이다. 기원전 483년에 추방당한 것으로 사형당한 것은 아니며, 아마도 기원전 318년에 처형당한 포키온과 혼동한 것으로 보인다.

156 남편이 죽은 뒤에 수권이 아버지에게 넘어갔고, 아버지가 살아 있는 상태이므로 이렇게 표현하고 있다. 여자들은 자신의 가장을 스스로 정할 수 없었다.

157 인간적임(후마니타스, humanitas)는 고대 스토아의 엄격주의를 제한하는 요소로 작동했다.

158 코스섬에서 만들어졌으며 안이 비치는 명주옷이 있었다고 한다.

159 가이우스 그라쿠스(BC153-BC121)를 가리킨다. 다만 플루타르코스가 전하는 바는 다음과 같다. "당신은 티베리우스를 낳은 코르넬리아를 욕하는 것인가?"

160 가이우스 아우렐리우스 코타는 기원전 91년부터 82년까지 추방당했다. 그 후 법무관과 대제관, 집정관을 거쳤으며 기원전 74년에 죽었다. 키케로는 『연설가에 대하여』와 『신들의 본성에 관하여』에서 그의 연설 능력과 교육 수준을 높이 평가하고 있다.

161 세네카가 다른 곳에서 종종 언급하는 것처럼, 수사학자였던 아버지는 철학을 못마땅하게 여겼기 때문에 철학적인 방식의 교육이 이루어지지는 않았을 것이다.

162 후에 시인이 된 마르쿠스 안나이우스 루카누스로 아마도 멜라의 아들인 듯하다. 기원전 39년에 태어났으며 65년에 네로에 의해 죽임을 당했다.

163 노바투스의 딸.

164 앞서 세네카의 어머니가 외동딸이라고 말했으니 친언니는 아닌 것이 분명하다. 아마도 아버지가 다른 언니이거나 입양되었을 가능성도 있다.

165 세네카는 자신의 건강이 좋지 않았음을 여러 작품에서 고백하고 있다.

166 남편인 아드메토스를 대신해 죽겠다고 나섰던 알케스티스를 가리킨다.

167 당시 이집트는 속주보다 작았다. 아마도 세네카는 수도인 알렉산드리아를 생각하고 있었던 것으로 보인다.

폴뤼비우스에게 보내는 위로

168　편지 앞 부분은 소실되었다. 여기서 〔 〕 안에 들어간 내용은 게르츠라는 학자의 추정을 따른 것이다.

169　이 시대의 일곱 개의 놀라운 건축물들은 다음과 같다. 이집트의 피라미드, 할리카르나소스의 마우솔로스 무덤, 에페소스의 아르테미스 신전, 바빌로니아의 공중 정원, 올림피아의 제우스 상, 로도스섬의 거상, 알렉산드리아의 등대.

170　스토아 학파 사람들을 말한디. 플라톤이나 아리스토텔레스에게 우수는 영원한 것이었다.

171　카르타고와 코린토스는 기원전 146년에, 누만티아는 기원전 133년에 로마의 손에 멸망당했는데 모두 당시 강력한 도시들이었다.

172　세네카 자신의 추방을 암시하고 있다.

173　클라우디우스 황제(BC10-AD54)를 가리킨다.

174　이른바 교양 교육은 일반적인 교육에 포함되어 있었다. 나중에 그 과목들이 표준화되었는데 문법(주로 문학이었다.), 변증술, 수사학, 산술, 기하, 음악, 천문이 그것이다.

175　로마 시인 오비디우스나 호라티우스가 자주 사용했던 표현 방식이다.

176　두 언어 사이의 상대적인 판단으로 퀸틸리아누스의 『연설가 교육』 12권 10장 36절에서 찾을 수 있는 내용이다.

177　전장에서 앞에 나서는 아이네이아스를 떠올리면 된다. "표정에는 희망을 보이고 고통은 마음속 깊이 감춰라." 베르길리우스의 『아이네이스』 1권 208행 참조.

178　아틀라스를 말한다. 아틀라스는 프로메테우스의 형제로, 천계를 어지럽혀 하늘을 두 어깨로 메는 형벌을 받았다.

179　아마도 브리타니아 정복인 듯하다.

180　클라우디우스는 학자이자 작가로 라틴어와 희랍어로 된 다른 작품들을 묶어 쓰기도 했다고 한다.

181　이솝 우화는 로마에서 티베리우스 시대에 파이드로스가 라틴어로 옮긴 적이 있었다.

182 중의적 표현으로 하나는 높은 곳에서 바라본다는 것이며, 다른 하나는 정신적으로 경멸한다는 의미로 볼 수도 있다.

183 이처럼 관계가 있는 개념들을 대칭적으로 배치하는 것은 위안 문학에 자주 등장하는 방식이다.

184 「마르키아에게 보내는 위로」13장 1절에 따르면 크세노폰이라 하며, 키케로의 『투스 쿨룸 대화』3장 30절에 따르면, 아낙사고라스의 말이었다고도 하는데 사실 희랍과 로마 문학에서 다양한 변용을 통해 반복된 내용이다. 인용된 형태로 보았을 때는 세네카가 엔니우스 비극의 시행을 염두에 두었으며, 거기서 아이아스의 아버지인 텔라몬이 한 말이라는 의견도 있다.

185 호메로스와 베르길리우스를 가리킨다.

186 브리타니쿠스. 41년에 태어났다.

187 실제로 클라우디우스는 율리우스 카이사르나 아우구스투스와 마찬가지로 신격화되었다.

188 칼리굴라(12-41)를 가리킨다. 그의 광기는 수에토니우스의 기록에서 찾아볼 수 있다.

189 41년에 카우키족을 상대로 한 가비니우스 세쿤두스의 승리를 가리킨다.

190 아울루스 플라우티우스를 보내 브리타니아를 정복하게 했다.

191 게르마니아 원정에 대한 드루수스의 개선식을 의미한다.

192 칼리굴라.

193 국가 책력은 매년 직책을 가진 행정관들의 행적을 적은 기록이었고, 국가 연대기는 초기와 중기 공화정에서는 최고 제관이 관리하는 기록이었지만 대체로 로마 역사의 저작들을 가리키는 경우가 대부분이다. 클라우디우스 자신이 역사가였기 때문에 나온 이야기로 보인다.

194 한니발을 패퇴시킨 장수로 알려진 푸블리우스 코르넬리우스 스키피오 아프리카누스를 말한다.

195 루키우스 코르넬리우스 스키피오 아시아티쿠스. 기원전 187년 호민관 미누키우스 아우구리누스가 고발했다. 다만 다른 기록에서는 푸블리우스가 루키우스보다 먼저 죽었다는 말도 있으며, 이것이 더 신빙성 있다.

196 푸블리우스는 동생을 자신이 추방당하기 몇 년 전에 구해 냈다. 정확한 시기는 불분

명하다.

197 기원전 146년 카르타고를 멸망시킨 장본인이다.

198 루키우스 리키니우스 루쿨루스는 3차 미트리다테스 전투를 이끌었으며 기원전 56년경에 죽었다. 동생은 마르쿠스 리키니우스 루쿨루스다. 각각 기원전 74년과 73년에 집정관을 지냈다.

199 '위대한' 폼페이우스의 아들들로 섹스투스 폼페이우스는 카이사르파에 오랫동안 저항한 끝에 35년에 죽었고, 형인 그나이우스 폼페이우스는 10년 후 문다 전투에서 사망했다.

200 세네카가 혼동한 것으로 보인다. 그들의 누이는 폼페이아로 술라와 결혼했고 그녀의 죽음은 여기 기록된 것과 다르다. 세네카가 아마도 율리우스 카이사르의 딸 율리아와 혼동한 것으로 보인다.

201 옥타비아는 기원전 11년에 죽었다.

202 옥타비아의 아들인 마르켈루스를 말하며 기원전 23년에 죽었다.

203 클라우디우스는 아우구스투스와 안토니아의 조카의 아들이었다.

204 가이우스 카이사르와 루키우스 카이사르가 모두 받은 칭호로 아우구스투스를 잇는다는 의미로 붙여졌다. 각각 5년과 2년에 받았다.

205 아르메니아에서 심각한 부상을 입었으며 돌아오는 길에 죽었다.

206 옥타비아누스, 후일의 아우구스투스.

207 클라우디우스의 어머니인 안토니아 미노레의 아버지.

208 옥타비아누스와 레피두스를 가리키며 이 셋이 기원전 43년에 결성한 동맹을 두고 제2차 삼두정치라 부른다

209 가이우스 안토니우스는 기원전 42년에 일리리아에서 브루투스에 의해 사형당했다.

210 기원전 42년 필리피전투에서 브루투스와 카시우스의 군대를 패퇴시킨 것을 말한다.

211 누이인 리빌라가 세야누스의 몰락과 연루되어 31년에 굶어 죽었고, 게르마니쿠스는 19년에 서른네 살의 나이로 죽었다.

212 원로원에서 아우구스투스에게 헌정한 특권이다.

213 칼리굴라.

214 칼리굴라가 가장 좋아한 누이로 38년에 죽었다.

작가에 대하여

세네카의 가족

루키우스 안나이우스 세네카는 기원전 4~1년경 스페인 남부에 위치한 바이티카의 로마 속주 수도인 코르도바 지역에서 부유한 기사 계급 가문의 세 아들 중 둘째로 태어났다.

그의 아버지 역시 스페인 출신이지만 이탈리아 혈통이었으며 로마에서 한창때를 보냈다고 한다. 보통은 수사학자 세네카로 알려져 있다. 당연하게도 수사학 교육에 지대한 관심을 가지고 있었고, 말년에, 아마 37~41년 사이에 수사학 학교에서 자신이 젊을 때 목격한 내용들을 모아 연설 연습에 관한 책과 역사서를 썼다.

그는 가족사에 상당히 관심이 깊었던 것으로 알려져 있는

데 그의 사회적 신분으로 볼 때 그러한 관심을 보이는 것이 일반적이지 않았고 심지어는 변호사로 보이지 않을 정도였다고 한다. 아들인 세네카의 작품에서 아버지 세네카는 교양 있고 보수적이며 현실적인 로마인이지만 철학을 냉담하게 대했던 사람으로 나타난다. 실천적인 도덕철학이 그에게 얼마간의 영향을 주었다고는 해도 말이다.

세네카의 어머니 헬비아는 스페인 지역의 유력한 가문인 바이티카 출신으로 이 책의 한 꼭지를 차지하고 있는 인물이다. 세네카의 형인 안나이우스 노바투스는 후에 율리우스 갈리오에게 입양되면서 루키우스 유니우스 갈리오로 이름을 바꿨다. 그는 꽤 눈에 띄는 정치 경력을 가지고 있는데, 원로원 의원이 되었고 아카이아의 총독(프로콘술)일 때 사도 바울을 만났다고 한다. 동생인 안나이우스 멜라는 다른 형제들을 제치고 아버지의 기대를 한몸에 받던 인물이었으나 어린 나이에 이미 공직을 마다했다. 멜라의 아들은 시인 루카누스로 내전에 관한 서사시가 현재까지 전해진다.

세네카의 스승들

세네카는 아주 어릴 적에 형제들과 함께 로마로 보내졌고, 변호사나 정치가로서 정치 행보를 시작하려는 부유한 로마 아이들이 좇는 전통적인 교육을 받기 시작했다. 그리고 적당한 때에 이르러 이 학문적 훈련에 기본적인 문학과 역사 문헌, 그리고 수사학 연습 작품을 읽는 수업이 포함되었다.

게다가 그곳에서 세네카는 그가 후에 자신의 성격 형성에 큰 영향을 줬다고 고백한 철학 선생들을 만나게 된다. 그들은 그에게 스토아의 도덕 교리를 가르쳤을 뿐만 아니라 지적으로 훨씬 더 큰 영향을 끼쳤으며, 이렇게 형성된 폭넓은 관점은 세네카의 작품 여러 군데서 그 모습을 드러낸다.

세네카의 선생은 두 명이었는데 파피리우스 파비아누스와 알렉산드리아 출신의 소티온이었고, 이들은 퀸투스 섹스티우스의 제자였다. 퀸투스 섹스티우스는 로마 유일의 토종 철학 학교를 세웠는데, 이 학교에서는 전통적인 스토아 철학과 피타고라스 철학의 가르침들을 결합시켰다고 한다.

파비아누스는 연설가로 시작했던 인물인데 철학으로 돌아섰을 무렵에도 그의 연설은 여전히 수사학적인 힘을 유지했다고 전해진다. 그는 자연학에 관심을 가지고 있어 자연 현상을 탐구했는데, 그러한 행보를 보면 세네카가 관심을 두던 문제들의 근원을 알 수 있다.

누군가의 매일의 버릇과 습관은 넓은 맥락에서 볼 필요가 있다는 것은 소티온의 가르침으로부터 배울 수 있었던 것이다. 소티온은 피타고라스와 마찬가지로 영혼의 환생이라는 믿음 때문에 고기를 먹지 않는 인물이었다.

소아시아의 페르가몬 출신으로 알려져 있는 스토아 학파의 아탈루스는 세네카에게 자기 성찰의 정신적인 습관을 가르친 사람으로, 세네카의 다른 작품들과 편지들 안에서 독보적인 특징을 보여 준다. 그는 또한 예언술에 관심을 가지고 있었는데, 스토아 학파는 그것을 미신으로 취급하지 않고 오히려 지적인 훈련으로 간주했다. 세네카의 『지언의 탐구』에 따르면 아탈루스는 번개와 같이 하늘에서 보이는 신호들에 대한 이해를 담고 있는 에트루스키인들의 예술을 연구했다고 한다.

하지만 세네카에게 있어서 명백하게 행복했다고 이야기할 수 있는 이 수학 시대는 잦은 투병으로 방해받는 경우가 많았다. 세네카는 여러 호흡기 질환을 앓았던 것으로 보이는데, 이로 인해 요양차 이집트에서 4년 정도의 시간을 보내게 된다. 그곳의 기후가 몸 상태를 호전시키는 데 도움이 된다고 생각했기 때문이다. 거기서 세네카는 지역의 풍습과 종교 행위에 대해서 작품을 쓸 기회를 가지기도 했으나(『자연의 탐구』 4.2.7) 그 외의 활동은 전해지는 바가 없다.

정치적 행보와 작품들

세네카는 31년 무렵에 이탈리아로 돌아온 후로 11년 동안 정치 행보를 이어 갔다. 그 행보가 그다지 평탄하지 않았음에도 그는 「마르키아에게 보내는 위로」를 쓰기 시작했고, 그와 동시에 돌이나 물고기, 지진과 같은 자연학에 관한 저작을 썼지만 전해지지는 않는다.

세네카는 또한 비극을 쓰기도 했는데, 아마도 정치 입문 아주 초반에 저술하기 시작한 것으로 여겨진다. 그는 34세 정도에 상당히 높은 재정 관료이자 정치 행보의 출발점이라 여겨지는 재무관이 되는데, 이는 꽤 늦은 나이였다.

그러나 39년에 그가 법정에서 보여 준 극적인 연설이 당시 황제였던 칼리굴라의 질투심을 자극했고 이로 인해서 세네카는 죽을 위기에 처하였으나, 한 대신이 그가 병을 앓고 있어 오래 살지 못한다는 점을 지적한 덕분에 사형을 피한다.

이후 41년에 칼리굴라가 살해당하고 클라우디우스가 새로 황제에 즉위한 이후, 세네카는 칼리굴라의 누이인 율리아 리빌라와의 간통으로 고발당했고 이 일로 인해 49년까지 코르시카로 추방당하게 되었다. 이 일련의 과정 중에 쓴 작품이 『분노에 대하여』이며, 클라우디우스가 죽은 후에 세네카는 죽은 황제에 대한 신랄한 풍자 작품을 쓰게 되는데 그 이름이 『아포콜로퀸토시스』, 즉 (클라우디우스) '바보 만들기'다.

그런데 세네카가 추방당한 실제 이유는 간통 때문이 아니라 당시 아우구스투스의 후계자들이 채택하던 국가의 체제보다 덜 전제적인 체제를 선호했기 때문이라는 것이 더 믿을 만하다. 이 관점은 그가 추방당한 기간 동안에 쓴 두 개의 대화

작품의 특정 부분과 분명하게 일치한다. 그가 어머니에게 쓴 「헬비아에게 보내는 위로」에서 독재관 카이사르의 정적이었던 브루투스와 마르켈루스를 칭찬하고 있으며, 황제의 궁정의 권력자 「폴뤼비우스에게 보내는 위로」에서는 온화하고 합리적인 황제의 모습을 만들어 내고 있다는 점에서 그렇다.

　미래에 황제가 될 네로의 어머니 아그리피나는 49년에 세네카를 추방으로부터 돌아오게 할 허락을 받아 낸다. 그 이후 세네카는 네로의 선생이자 높은 지위의 법률 관리인 법무관이 된다. 하지만 아그리피나가 철학은 미래의 황제에게 적합하지 않은 공부라 생각했기 때문에 철학을 네로에게 가르치지는 못했다. 그러다 보니 세네카의 가르침은 오직 수사학 분야에만 한정될 수밖에 없었다.

　54년 클라우디우스가 죽은 뒤 세네카는 근위대의 존경받는 대장이었던 섹스투스 아프라이우스 부루스와 함께 17세에 즉위한 어린 황제의 조언자 역할을 수행하게 된다.

　세네카는 네로를 위해 연설문을 작성했으며 중요한 관직의 임명에 관하여 영향력을 행사했다. 원로원에서의 첫 연설에서 네로는 아우구스투스가 권력을 쟁취했던 상황으로 돌아가고자 하는 의도를 천명하면서 시간이 지나며 옅어진 제국의 힘을 회복하겠노라고 공언했다. 세네카가 55년에서 56년 사이에 저술한 『자비에 관하여』라는 저작은 이 계획의 정치적인 선언문이다.

몇 년간 성공적인 치세가 지속되었고, 그 사이에 네로는 상대적으로 거의 정치에 참여하지 않았다. 그 성공에는 큰 군사 작전 없이 제국의 경계에서 벌어지는 위기 상황을 잠재웠던 일들도 포함된다.

하지만 네로가 주로 그의 두 조언자들을 사용했던 것은 어머니가 미치던 영향력을 조절하는 것이었고, 59년경에 그가 아그리피나 살해를 꾀했을 무렵에는 세네카와 부루스가 더 이상 네로를 통제할 수 없다는 것을 이해하게 되었다.

세네카의 영향력은 뚜렷하게 무너져 내렸다. 부루스는 62년에 죽었고 세네카는 같은 해에 공직에서 물러나 저술에 전념하게 된다. 이 무렵이 아마 그가 다른 저작들 가운데 『도덕서한』을 쓴 시기일 것이다.

65년에 일어난 피소의 음모에 세네카는 사실 연루되지 않았지만, 황제에게는 세네카를 죽일 명목을 제공하기에 충분했다. 역사가 타키투스는 『연대기』를 통해 이 사건에 대해 서술하는데 그 내용에 따르면 세네카는 그릇된 판결로 독을 마셔야 했고, 영혼의 불멸에 대해 친구들과 철학적인 토론을 하며 마지막 순간을 보냈던 소크라테스의 자살을 모방하여 자살을 시도했다고 한다.

작품에 대하여

1 죽음으로부터의 치료제

마르키아를 위로하다

이 편지글의 수신인인 마르키아는 3년 전에 죽은 아들 메틸리우스를 생각하며 슬픔을 거두지 못하는 인물이다. 3년이라는 긴 시간 동안 슬픔을 간직해 온 인물을 위로하는 것이 세네카의 첫 번째 위로의 임무라면 그 임무가 결코 쉬운 것은 아니다. 그런 작품의 시작에서 눈에 띄는 것은 마르키아의 여성으로서의 정체성에 대한 언급이다.[1]

---

1 이 책에서의 '여성'은 극도의 남성 위주 사회에서 만들어진 개념이기 때문에 현대 사회의 관점으로 생각하지 않았으면 좋겠다.

마르키아, 당신이 여성의 마음이라면 응당 가지는 유약함이나 다른 악덕들과 거리가 먼 사람임을 내가 몰랐다면, 당신의 행동이 선대의 모범이 그렇듯 존경받고 있음을 내가 몰랐다면, 감히 당신의 슬픔을 맞닥뜨리고자 하지 않았겠지요. (……) 이미 분명한 마음의 힘과 힘든 경험을 통해 입증된 당신의 덕이 내게 확신을 준 거예요.

정확히 말하자면 여느 여성들처럼 유약하지 않다는 것이 마르키아의 장점이며 남성성과 도덕적 탁월함을 포함하는 덕을 그가 이미 갖추고 있다는 점을 강조한다. 그와 함께 마르키아는 잘 교육받은 그리스 로마 남성의 전형적이며 자연스러운 행동 양식을 따르도록 요구받는다.

이 과정에서 마르키아는 자신이 가지고 있던 여성으로서의 정체성과 믿음, 관습적인 태도처럼 이미 몸이 기억하고 있는 것들을 무시해야 할 상황이다. 그렇다면 우리는 이렇게 세네카를 비난할 수도 있겠다. "세네카 선생, 위로를 한답시고 상대의 근본을 흔들어서 뭔가를 바꾼다면 그걸 진정한 위로라고 부를 수 있을까요?"

하지만 우리가 「마르키아에게 보내는 위로」(이하 「마르키아」)에서 읽어 내야 하는 것은 단순히 마르키아에게 남성화된 덕을 포용하도록 요구한다는 것에 그치지 않는다. 더욱 흥미로운 것은 세네카가 마르키아에게 포용하도록 요구하는 것들을 보건대 그 요구 사항들은 마르키아에 대한 것이기도 하지만 자신을 향한 것이기도 하다는 점이다.

마르키아와 세네카, 그리고 로마

세네카가 마르키아에게 가장 먼저 요구하는 것은 그녀가 아버지인 크레무티우스 코르두스의 죽음 후에 보여 준 바 있는 그 의연한 모습으로 돌아오라는 것이다. 세야누스의 음모로 고발된 코르두스는 25년에 자살했고, 그가 죽은 뒤 그의 작품들은 불태워졌다.

이 사건을 문자로 읽고 아무 상상 없이 지나간다면 그저 한두 줄 기록되는 한 사람의 역사일 뿐이지만 맥락을 읽어 내고 상상력을 발휘해 본다면 단순한 사건이 아닐뿐더러 스쳐 지나가는 죽음도 아니다.

그러므로 여기서 세네카가 마르키아로 하여금 그녀의 아버지와 관련된 사건에서 스스로를 다스렸던 방식과 아버지 작품들의 재출간을 상기하게 하는 것은 분명히 실제 그녀의 행동 가운데 가장 힘든 것을 잘 견뎠던 기억을 되살리는 방식이다. 그리고 그 개인적인 행동은 국가와 연결된다.

"로마인은 무엇인가, 그리고 이미 모든 이들이 고개를 숙이고 세야누스의 멍에를 진 상황에서 굴복하지 않는 자는 무엇인가, 재능과 정신과 수족이 자유로운 인간이란 무엇인가?"
이를 후대의 사람들이 알고자 할 때를 위해 그에 대한 기억을
보존한다는 점에서, 마르키아라는 인물은 사실 국가를 기록하
는 역사가인 아버지를 위한 기억의 저장고로서의 의미를 가지
고 있으며 국가 자체를 위한 기억의 저장고이기도 하다.

이렇게 등장한 국가라는 주제는 작품의 마지막에 이르기
까지 확장되는데, 이는 그녀의 아버지가 굶어 죽었던 상황을
받아들인 태도를 아들의 죽음을 받아들이는 모델로 활용하라
는 요구에서도 나타난다.

다시 개인으로 돌아가자면, 세네카가 마르키아와 그녀의
아버지 그리고 그 아들과의 관계에 초점을 맞추는 것은 또한
자기 자신의 상황을 표현하는 것처럼 보이기도 한다. 예를 들
어 마르키아가 아버지의 작품들을 재출간하는 것은 세네카가
아버지 세네카의 『역사(Historiae)』를 37~41년 사이에 재출간
하고자 했던 계획과 병렬되며 이는 「마르키아」와 시기적으로
매우 가깝다.

또한 세네카의 이미지는 마르키아의 죽은 아들 메틸리우
스의 모습 안에 투영되어 있는데, 간신히 시작된 정치 행보가
추방으로 단기간에 막을 내렸다는 점에서 그렇다.

메틸리우스의 죽음은 여기서 사실상 슬픈 죽음이 아니다.
이유는 그가 이미 완전한 삶을 살았다는 것이다. 젊을 적에 노

숙한 지혜를 가지면서 말이다. 세네카의 짧은 정치 행보도 이와 비슷하게 바라볼 수 있는데, 그의 커리어는 37년 재무관을 지낸 후 39년 칼리굴라에 의해 일차적으로 끝난다. 그래서 세네카가 코르두스의 가문에서 발견해 낸 일단의 서사는 마르키아의 슬픔에 대한 치료제를 제공하는 동시에 스스로를 드러내기 위한 것이기도 하다고 볼 수 있다.

세네카가 마르키아에게 치료제를 제공하는 방식에는 율리우스-클라우디우스 가문의 일을 떠올리게 하는 것도 있다. 세네카는 마르키아에게 "성별에서나 시대적으로나 딱 맞는" 예시 짝을 제시하고 있는데, 부정적인 케이스와 긍정적인 케이스 두 가지다.

부정적인 케이스는 아우구스투스의 누이인 옥타비아의 예로, 기원전 23년 아들 마르켈루스가 죽은 후에 마르켈루스의 기억을 칭송하기 위해 지은 시를 포함하여 어떤 모습으로도 그를 상기시키는 행위를 허락하지 않았던 인물이다.

긍정적인 케이스는 아우구스투스의 아내인 리비아인데, 기원전 9년에 죽은 아들 드루수스의 죽음으로부터 회복하게 된 인물이다. 중요한 것은 "그녀는 드루수스의 이름을 칭송하는 일이면 어디서든 사적으로나 공적으로 그의 생전 모습을 자신에게 보이는 것을 금하지 않았고 기꺼이 그에 대해 이야기하고 그에 대해 들었다."는 점이다. 또한 세네카가 강조하고 싫었던 부분은 드루수스가 보여 준 모습에 있는 것으로 보이는데, 그 이유는 그가 미래 황제의 후계자를 위한 원형이 되었다는 데 있다.

이 대목은 어떻게 리비아가 아우구스투스의 철학자인 아레이오스의 조언을 통해 회복되었는가 하는 데서 일단락된다. 세네카는 아레이오스의 연설을 다시 되새기면서 미르키아에게 이야기한다. "등장인물만 바꿔 보세요. 당신에게 조언한 겁니다." 그러고서 마르키아로 하여금 그녀 자신을 리비아의 역할로 상상하도록 초청한다.

그리고 세네카는 이제 아레이오스를 통해서 궁정 철학자의 역할을 수행하게 된다. 이는 아레이오스로부터 권위를 넘겨받아 위로의 목소리를 그 자신 세대의 율리우스-클라우디우스 가문에 알리는 것이다. 그렇게 해서 세네카는 왕조의 영원성을 위한 특별한 가치를 그 대화에 부여하게 된다.

이처럼 텍스트를 읽어 내려가다 보면, 어느 순간 우리는 세네카가 아우구스투스 시대 문학 특히 『아이네이스』의 독자인 마르키아에게 호소하고 있다는 것을 알 수 있다. 예를 들어서 마르키아에 대한 세네카의 초반 질문을 생각해 보자. "그 마지막은 어떨까요?"라는 질문은 아이네아스의 성공을 위협하려는 유노에게 말하는 유피테르의 목소리를 연상시킨다. "나의 아내여, 끝은 어디에 있는가?"(『아이네이스』 12권 793행에서.)

그렇다면 마르키아의 회복은 탁월한 로마의 아우구스투스적 서사를 긍정적으로 읽어내는 전조가 된다. 세네카 개인에게 있어서, 위안자로서의 그의 역할이 어떤 점에서는 궁정 시인으로서의 베르길리우스의 역할을 재발견하거나 재가공하는 것이며 단순하게 궁정 철학자인 아레이오스의 역할이 아니라는 것이다.

회복의 대가

세네카가 마르키아를 설득하고자 할 때 사실 그는 위험을 감수하면서 그녀를 회복시키는 것일 수도 있다. 카이사르의 가문을 소재로 하는 예시들을 『마르키아』에서 지속적으로 등장시키면서 세네카가 보여 주고자 하는 것은 운명이 카이사르의 가문에 폭력적인 이유는 신의 후손인 그들과 신들을 자손으로서 가지게 되는 자들조차도 상실에 대해 면역을 가지는 건 아니기 때문이라는 점이다. 그렇다면 많은 사람들에게 신과 관련된 자들도 그럴진대 나까짓 거야 별것 아니라는 생각을 안겨주게 된다.

이처럼 세네카가 들고 있는 예시들은 죽음이 어느 곳에나 존재하는 것이며 자연의 법칙이라는 것을 그려 내면서 위로를 주는 측면도 있고 카이사르의 가문을 인간적으로 만들기도 하지만, 무엇보다도 중요한 효과는 카이사르의 가문이 권력을 잡은 시대를 사람들에게 익숙하게 해 일상화시킨다는 것이었다.

이와 같은 위로의 어두운 측면은 세네카의 모호한 언어 안에서 반복적으로 단서를 드러낸다. 그는 율리우스 카이사르가 딸인 율리아의 죽음 후에 얼마나 "빠르게 슬픔을 극복하게 되었는가"에 주목한다. 신격화된 아우구스투스에 대해 그는 인민들의 슬픔과 불평을 막기 위해 그가 많은 자신의 후계자들의 죽음을 용감하게 견뎠다고 이야기한다. 티베리우스는 자기 아들인 드루수스의 장례식에서 "곁에 있는 세야누스에게 자신이 가족의 죽음을 얼마나 잘 견디는지 몸소 보여 주었다."

이런 일련의 예시들은 마치 율리우스-클라우디우스 시대의 역사 수업처럼 보인다. 율리우스 카이사르의 제국 정복, 아우구스투스의 헤게모니 성립, 그리고 티베리우스의 냉정한 잔인함 같은 것들은 위로하는 자들의 이상향을 보여 주기도 하지만, 독재의 유리함을 노출하기도 한다. 그러므로 세네카적인 위로는 빼앗긴 자의 사회적 복귀를 위해 요구되는 도덕적 폭력의 수용을 인식하는 것이며, 더 나아가 그 폭력과 공모하는 것이라고도 볼 수 있다.

2 추방으로부터의 치료제

세네카의 추방이 어떤 모습이었는가 하는 것은 다른 작품들에서도 엿볼 수 있지만 「어머니 헬비아에게 보내는 위로」(이하 「헬비아」)와 「폴뤼비우스에게 보내는 위로」(이하 「폴뤼비우스」)에서 가장 직접적으로 등장한다. 이 두 편은 오비디우스 추방 시기의 시와 어느 정도 유사성을 가지며 '위안 문학'에 속하는 동시에 '로마 세계에서의 추방 문학'이라는 더 넓은 글쓰기에 속해 있다고도 볼 수 있다. 로마 세계에서 추방은 정치 행보를 구축하기 위해서 반드시 겪어야 하는 제의(祭儀)로서도, 치료의 과정을 공공연하게 드라마화함으로써 만들어지는 위로로서도 작용할 수 있었다.

헬비아에게 보내는 위로

코르시카에서의 첫해에 쓴 「헬비아」는 보통 위로의 소재와는 다르게 죽음이라는 시간적인 분할을 다루는 것이 아니라 죽음과 비슷한 의미의 추방을 공간적인 상실이라는 측면에서 다루게 된다.

중심 장들은 추방을 불편함으로 인식해서는 안 된다는 철학적 논증을 보여 주나 작품 전체로 보자면 시작과 끝이 모두 어머니 역할에 있어서의 헬비아에게 맞춰져 있다. 단단한 관계를 지닌 공간으로서의 가정을 특화시키면서 지리적으로 위치가 바뀐 상황을 치유하고자 하는 것이다.

세네카는 추방 사흘 전에 로마를 떠나 스페인으로 향했던 헬비아의 경험을 강조한다. 여기서 세네카가 꾀하는 것은 로마에 자신이 없다는 것과 어머니 곁에 자신이 없다는 것이 그다지 다른 일이 아니라는 점을 보여 주는 것이다.

세네카는 "진정 많은 시련을 이겨 낸 마음이라면 상처투성이의 몸에 생긴 상처 하나로 인해 고통스러워하는 것이 부끄러울 것"이라는 점을 보여 주고자 헬비아의 어머니로서의 정체성에 초점을 맞춘다. 헬비아가 과거에 겪었던 상실의 기억들은 강한 어머니의 이미지와 함께 나열되고 곧장 그녀의 가장 최근의, 그리고 "가장 큰" 아픔으로 연결되는데 바로 세네카의 추방이다. "20일도 되기 전에 저마저도 붙잡혔다는 소식을 들으셨습니다. 당신에게 아직 부족했던 불행이 바로 이것, 살아 있는 자를 애도하는 것이었지요."

그렇지만 그 추방은 사실 특별할 것이 없다. 5~13장에서 보여 주듯이 추방이 장소를 옮기는 일일 뿐이라는 것은 자신이 처한 상황을 별것 아닌 것으로 만들고자 하는 세네카의 전략이다. 따라서 그 치유는 그다지 큰 치료제를 필요로 하는 것이 아니다. 그렇다면 어떤 치료제를 사용해야 하는 것일까? 그것이 바로 단단하게 묶인 공간, 가족이다.

작품의 후반부인 14~20장에서는 가족의 구성원들과 가족의 이상에 중점을 둔 서사를 보여 준다. 세네카는 헬비아를 아들의 유산을 관리하는 데 부지런하고 사심 없었던 이타적인 어머니로 묘사하면서, 어머니를 물질적인 조건과 거리를 두는 철학자의 이상으로 바라보려는 마음으로 이야기를 시작한다.

이 부분에서 세네카는 다른 여인들이 부끄러워하는 것들이 어머니에게는 부끄러운 일이 아니었다고, 어머니에게 있어 아름다움은 눈에 보이는 것들이 아니었다고 말한다. 그는 또한 어머니로 하여금 자유인에게 어울리는 학문들로 돌아오도록 부추기면서 다음과 같은 바람을 보인다.

누구보다도 뛰어난 사람이었던 아버지가, 선조들의 관습을 따르지 말고 어머니가 철학에 발을 살짝 적시는 정도가 아니라 깊이 배우게 하셨더라면 좋았을 것을!

이 바람은 아버지에 대한 비판을 부드럽게 순화시켜 보여 준다. 그 비판은 자신의 어머니를 잘 배운 어머니상으로 이끌기 위해 세네카에게 철학으로의 인도라는 숙제를 남기기는 하지만, 대체로 현재 가정의 가치를 배가시키고 회복시키는 역할을 하고 있다.

세네카가 학문을 언급하는 것은 전적으로 어머니를 학문

에 기대도록 만드는 것이 목적이 아니라 그 학문을 다 익힐 때까지 기댈 수 있는 버팀목을 보여 주기 위해서다. 그는 바로 이어서 헬비아에게 노바투스와 멜라를 언급하며 "형제들을 생각해 보라."고 이야기하면서 위로와 함께 가족에 대한 서사를 보여 준다.

저는 제 형제들의 깊은 애정을 알고 있습니다. 한 명은 어머니의 자랑이 되고자 높은 지위로 가려 하고, 다른 한 명은 어머니를 위해 시간을 낼 수 있도록 한가하고 조용한 삶으로 물러난 것입니다. (⋯⋯) 그들은 해야 할 의무를 다하고 있으며, 한 아들에 대한 그리움은 두 아들의 효심으로 채워질 것입니다.

이 대목에서 세네카는 다시 한 번 아버지를 상기시킨다. 이번에는 아버지의 작품인 『논쟁(Controversiae)』의 2권 서문을 재활용하는데, 거기서 아버지는 멜라가 가장 큰 재능을 가졌다는 점을 칭찬한다. 그렇지만 이 대목에서 세네카는 아버지와는 다르게 멜라가 아니라 그 자신을 다른 형제들과 차별화하지만 방식 자체는 아버지의 작품과 비슷하다.

하지만 그가 여기서 보여 주고 싶은 것은 자신이 형제들 가운데 뛰어나다거나 하는 자랑이 아니라, 자신의 추방을 통해서 가정에 보탬이 될 수 있기를 바란다는 점이다. 그의 처벌은 나머지 가족들을 위험으로부터 구할 것이기 때문이다.

잔인한 운명은 저에게서 멈추기를. 어머니로서 탄식하고 슬퍼했어야 하는 것들, 할머니로서 겪으실 것도 저에게 옮겨 오기를. 다른 가족들이 모두 전과 다름없이 번창하기를. 제가 속죄양이 되어 가족들이 더 이상 슬픔을 겪지 않게 된다면, 저는 자식이 없다는 것이나 제 형편과 처지를 한탄하지 않을 것입니다.

이 말과 함께 세네카는 자신의 추방이 희생을 통해서 가족 전체를 위한 보호 기능을 한다고 이야기하면서 어머니 헬비아의 상실을 치료하고자 한다. 재미있는 것은 이 문장이 세네카를 자주 그의 비극에서 설정하던 것처럼 스스로를 저주하는 영웅의 모습으로 탈바꿈시키고 있기도 하다는 것이다.

그렇지만 작품 전체를 통틀어 세네카가 어머니 헬비아를 위해 가장 큰 위로로 설정하고 있는 것은 그녀의 언니다. 그는 그녀를 "우리 모두에게 어머니 같은 마음"을 가졌다고 묘사하고 있다.

세네카는 그 장의 첫 부분을 어머니 같다는 것이 어떤 의미인지를 설명하는 데 할애한다. 이것은 단순히 언니가 헬비아를 존중했던 유일한 사람이었다는 것을 보여 주려는 것이 아니라 그녀가 세네카에게 또 다른 어머니의 역할을 했다는 것을 말하는 것이다.

저를 안고 도시로 온 것은 그분이었고 그분의 깊은 애정과 어머니 같은 돌봄 덕분에 오랫동안 병약했던 제가 건강을 다시 찾을 수 있었던 것이지요. 제가 재무관에 오를 수 있도록 지원해 주셨고 저를 위한 마음으로 수줍음을 이겨 내셨습니다.

세네카에게 헬비아가 생물학적 어머니라면, 그 언니는 정신적인 어머니이다. 그 때문에 어머니로서의 행동의 경쟁이라는 함축을 통해서 어머니로서의 역할이 어떠해야 하는지를 강조하려고 하는 것처럼 보이기도 한다.

세네카가 로마로부터 추방된다는 것은 그녀가 이끌었던 그 공직으로부터 세네카가 물러나는 것이기 때문에 어떻게 생각하면 어머니 헬비아에게보다도 실제로 그 언니에게 더욱 큰 사건일 수도 있다.

그런 그녀가 자신의 추방에 대해 어떻게 이야기할지 세네카는 이미 알고 있는 것 같다. 난파선에서 남편의 시신을 끌어내어 매장하기 위해 목숨을 걸었던 데서 보여 줬던 그녀의 용기를 지목하는 것을 보면 말이다.

아내가 남편의 시신을 끌어 올리기 위해 거친 바다를 극복했다는 세네카의 언급은, 그 안에서 그녀가 "슬픔과 두려움을 동시에 견디면서 폭풍우를 뚫고 남편의 시신을 난파선으로부터 꺼냈다."라고 한 대목은, 그녀와 헬비아가 어떤 마음으로 세네카의 추방을 맞아야 하는가 하는 현재의 임무를 위해 환기하는 역할을 하고 있기도 하다.

그렇게 잠시 시간을 두고 세네카는 다시 자신의 상태가 매우 아름답다는 것을 강조한다. 결국 어머니란 아들의 마음이, 상황이 편안하다는 데서 현실적인 위안을 얻게 되기 때문이다.

폴뤼비우스에게 보내는 위로

「폴뤼비우스에게 보내는 위로」(이하 「폴뤼비우스」)는 다른 위로의 작품들과는 다르게 분명한 목적이 있는 작품으로, 세네카 자신을 다시 불러 달라는 것이 그 목적이다. 그렇지만 이 목적이 클라우디우스 황제의 비서인 폴뤼비우스를 향한 위로를 통해서 추구되기 때문에, 그의 동생의 죽음에 대한 슬픔과 관련되다 보니 이 텍스트는 다른 위로를 위한 텍스트들과 흥미로운 관계에 있는 것처럼 보인다.

이 작품은 죽음에 대한 위로라는 점에서 「마르키아」와 닮아 있다. 한편으로는 세네카의 추방과 관계되어 있다는 점에서는 「헬비아」와 비슷하다. 다만 현재의 추방된 세네카가 코르시카에서 만족스럽게 살아가던 앞서의 세네카와 확연히 다른 모습을 보여 준다는 점은 모순적이다.

그렇다 보니 학자들은 이 모순으로부터 꽤나 극단적인 결론들을 제시하는데, 대부분은 추정일 뿐이다. 참고로 그 결론이라는 건 이 작품이 세네카의 혼란이 시작된 계기일 수도 있다거나, 풍자 작품임에 틀림없다거나, 혹은 그 작품이 세네카가 쓴 것이 아니라거나 하는 것들이다.

그런데 「폴뤼비우스」에서 표현된 추방에 대한 불만족이 「헬비아」에서 보이는 이상화된 만족과 불일치한다는 것이 분명한 사실이라 해도, 두 작품 사이에는 여러 일치되는 관점이 나타난다는 것 역시 사실이다.

세네카가 그의 추방의 의미를 더욱 넓게 확장하기 위한 서사를 전개하고 있다는 점이 대표적인 일치다. 로마로부터의 추방이라는 것은 사실 가장 좋은 상태로 귀환할 수 있다는 가능성을 내포한 사건이었다.

클라우디우스는 브리타니아 정복 후 44년 초에 개선식을 기다릴 때 심지어 얼마간의 추방이라는 보상을 받았던 적도 있다. 물론 그 행진을 목격하기 위해 돌아오라는 허가가 있었다. 「폴뤼비우스」는 세네카 자신이 결국 승리를 목격하게 될 것이며 따라서 추방의 끝은 이 축제일 것이라는 세네카의 바람이 담긴 작품이며, 「헬비아」에 담긴 바람 역시 그와 크게 다르지 않다. 세네카는 로마로 복귀할 수 있을까?

세네카의 표현대로라면 책의 사제이자 숭배자인 폴뤼비우스에 대한 세네카의 접근은 추방당한 오비디우스가 아우구스투스의 사서였던 휘기누스에게 자신의 처지를 한탄하던 장면을 떠올리게 한다.

오비디우스가 로마 문학의 중심으로 복귀하고자 하며 휘기누스에게 이야기했던 것처럼, 세네카 역시 「폴뤼비우스」의 시작을 문학에 두고 있다. 폴뤼비우스에게 공부에 정신을 집중하라고 권하고 있기는 하지만, 세네카가 큰 슬픔에 잠긴 사람한테 『이솝 우화』를 라틴어로 번역하는 것처럼 가볍고 편안한 공부를 요구하는 것은 아니다. 무거운 글로 시작해서 가벼운 글로 나아갈 수 있어야 원래의 자신으로 돌아올 수 있기 때문에, 호메로스와 베르길리우스를 각각 라틴어와 희랍어로 옮겨 사람들에게 알리고 카이사르의 업적을 서술하는 것이 먼저 해야 하는 일이라는 것이다.

하지만 거의 모든 부분에서 세네카가 폴뤼비우스에게 요청하는 것이 클라우디우스의 가문을 위한 역사가가 되어야 한다는 내용인 것을 보면 위로의 분명한 목적이 다시 한 번 드러난다. 그게 그다지 어려운 일이 아닌 것은 클라우디우스 "그 자신이 훌륭하게 큰 틀을 짜고 기술하는 일들과 소재와 예시들을 줄" 것이기 때문이다. 그렇다면 이 위로가 겨냥하는 중심 인물은 폴뤼비우스가 아니라 황제 클라우디우스가 되는 것이다.

이처럼 세네카가 폴뤼비우스의 회복을 바라며 편지를 쓰는 이유는 바로 황제 클라우디우스에게 가닿고자 함이다. 그러다 보니 14장에서 세네키는 클라우디우스를 모든 위로의 내화 안에 미묘하게 조금씩 언급해 나간다. "모든 이들에게 공통적으로 위안이 되는 자로서, 그의 강렬한 기억으로 당신이 마음에 평정을 얻을 수 있는 모든 예를 상기시킨 사람으로서, 그리고 그의 특별한 달변으로 모든 현자들의 지침을 제시한 사람으로서" 황제 지위를 계승한 클라우디우스를 언급하면서 말이다.

이런 칭송 뒤로 바로 그 살아 있는 황제, 클라우디우스의 목소리로 이야기하는 세네카의 이른바 대담한 위로가 전개된다. 공화정의 유명한 인물들의 예를 먼저 언급한 후에 황제 가문의 인물들이 등장하는데, 할아버지 마르쿠스 안토니우스로부터 삼촌인 티베리우스까지 형제의 죽음으로 인한 슬픔을 극복한 자들의 예시를 폴뤼비우스에게 다시 환기시킨다.

이 과정에서 우리는 위로처럼 보이지만 사실은 변명의 모습이 숨어 있는, 위로의 어두운 면을 잠시 들여다보게 된다. 세네카는 클라우디우스로 하여금 고귀한 용어를 사용하여 그의 형제인 게르마니쿠스의 죽음에 대해 말할 기회를 준다. "좋은 형에게 요구되는 의무를 하나도 남겨 두지 않았고, 제일인자로서 비난받을 수 있는 것은 하지 않을 만큼 그렇게 나는 내 감정을 잘 다스렸다."

이런 점을 볼 때 우리가 클라우디우스의 이야기 과정에서 나타나는 슬픔에 대한 치료는 두 가지 측면을 가지고 있다. 하나는 권력을 정당화할 기회를 준다는 점이며, 하나는 정당한 행동의 지침을 줄 수 있다는 점이다.

제일인자가 현명하게 행동하는 것은 무엇인가를 밝히기 위해서 세네카가 택하는 방식은 클라우디우스가 자신을 대신해 역할극을 하게 하고 그 위로의 방향이 폴뤼비우스를 향하도록 만드는 것이다.

그렇게 해서 세네카와 폴뤼비우스는 가상이라 할지라도 클라우디우스의 너그러움을 그대로 경험하는 수혜자가 된다. 세네카는 클라우디우스의 목소리를 조작했다는 점에서, 폴뤼비우스는 세네카의 목소리를 빌려 클라우디우스의 위로를 들었다는 점에서 그렇다.

여기서 심지어 세네카가 운명에게 "클라우디우스로부터 자비심을 배울 수 있기"를 빌고 있다. 세네카가 밝히고 싶은 것은 전대 황제인 칼리굴라와의 대조를 통해 드러나는 클라우디우스의 자비심이다.

칼리굴라는 누이인 드루실라의 죽음 후에 슬퍼하기는커녕 기뻐했다고 전해지는 자다. 그렇기 때문에 세네카가 설명하듯 "칼리굴라로 인해서 제국이 죄다 불타고 무너졌지만 온화한 제일인자의 자비로 인해 살아남았다."라는 것은 클라우디우스의 자비심을 더욱 빛나게 만들 수 있다.

하지만 이 작품의 마지막 부분은 결국 폴뤼비우스에게 그 자신의 재능을 기억하라는 말로 마무리된다. "중요하지 않은 것을 중요하게 만들고 중요한 것을 사소한 것으로 만들 수도 있다." 이러한 힘을 그런 곳에 사용할 것이 아니라 스스로를 위로하는 데 사용하라는 그 말은 사실상 폴뤼비우스가 아니라 세네카 스스로에게 던지는 충고처럼 보인다.

그리고 실제로 이 위로의 끝은 자신을 용서해 달라는 말이다. 이것은 "고난에 빠져 다른 사람을 위로할 만한 여유가 없기" 때문에 작품 혹은 편지의 길이가 짧아진 데 대한 형식적인 사과이기도 하지만 세네카의 다른 이를 위한 위로를 제시하는 능력(당시 그의 문학적 명성의 바탕이 된 능력)이 멈출 위험에 있다는 것을 의미하기도 한다. 그 메시지는 작품의 마지막 단어들을 통해 더욱 생생해진다.

이방인들조차도 교양이 있다면 힘들어하는 저 이방인들의 도처에 울리는 쇳소리로 둘러싸인 제가 라틴어 단어를 떠올리기 쉽지 않음을 고려해 주세요.

위로를 위로로 받아들이기

세네카의 편지들이 어떤 목적을 가지고 있는가를 생각하고 따져 보면, 그 편지를 위로의 편지로 읽기 쉽지 않을 수도 있다. 어떤 사람들은 세네카의 위로뿐만 아니라 고대의 다른 위로의 말들을 현대의 사람들이 위로로 받아들이는 건 쉽지 않다고 이야기한다.

「폴뤼비우스」만 보더라도 당시 황제에 대한 찬사로 가득 차 있는 저 위로의 편지로 폴뤼비우스 자신이 위로를 받을 수 있었을까 하는 의문을 가지는 건 이상하지 않다. 마르키아도, 어머니 헬비아도 실제로 위로를 받았을지 궁금하다.

그런데 가만히 생각해 보자. 우리가 살고 있는 시대에 누군가를 위로하려는 사람들이 취하는 패턴은 세네카가 보여 주는 위로의 패턴과 크게 다르지 않다. 그 안에 들어 있는 예시들이 좀 더 현대적일 뿐이고 거기 사용되는 언어가 좀 더 현대적일 뿐이며 그 말투가 좀 더 현대적일 뿐이다.

우리는 여전히 과거의 예를 들고 위로받는 사람과 비교하며 견딜 만한 일이라는 이야기를 던지고, 떠나간 사람을 잊으려면 일을 열심히 하라는 조언을 하고, 위로가 필요한 사람에게 따뜻한 말보다는 냉정하게 상황을 판단하는 말이 더 도움이 된다고 이야기하기도 한다.

　어떤 사람은 자기의 이야기만 늘어놓으면서 그게 상대에게 위로가 될 것이라 생각하기도 한다. 하지만 누군가를 위로하는 것이 목적인 것처럼 보이는 그 말들은 사실 스스로를 위로하기 위한 것이다. 그러니 어떤 말이 위로가 되지 않는다면 그것이 오래되고 진부하고 공감대가 떨어지기 때문이 아니라 원래 위로의 말이란 말하는 사람 자신을 향하기 때문이다.

　어떤 말이 위로가 되는가? 마음을 풀어 주겠다며 던지는 말이 폐부를 찌르는 말로 돌변하기도 하고 아무렇지도 않게 툭 내뱉은 말이 다리에 힘이 풀려 일어나지도 못하고 울게 만드는 말이 되기도 한다.

　위로는 위로하는 자의 의도가 아니라 위로받는 자의 마음으로부터 생겨난다. 세네카의 말은 오래전에 살았던 마르키아, 헬비아, 폴뤼비우스를 가리키며 시작되지만, 그 위로가 닿을 끝은 이 글을 읽는 새로운 독자들의 마음이 될 것이다.

철학자의 위로

1판 1쇄 찍음 2022년 5월 10일
1판 1쇄 펴냄 2022년 5월 19일

지은이 루키우스 안나이우스 세네카
옮긴이 이세운
발행인 박근섭, 박상준
펴낸곳 (주)민음사

출판등록 1966. 5. 19 (제 16-490호)
서울특별시 강남구 도산대로 1길 62(신사동)
강남출판문화센터 5층 (우편번호 06027)
대표전화 02-515-2000
팩시밀리 02-515-2007
www.minumsa.com

ⓒ 이세운, 2022. Printed in Seoul Korea

978-89-374-7022-6 (94800)
978-89-374-7020-2(세트)

잘못 만들어진 책은 구입처에서 교환해 드립니다.